بوف کور

صادق هدایت

Ṣādeq Hedāyat

눈먼부엉이

사데크 헤다야트 지음 · 배수아 옮김

문학과지성사
2013

사데크 헤다야트 Ṣādeq Hedāyat(1903~1951)
테헤란의 존경받는 귀족 집안에서 태어나 프랑스계 학교 생루이 학원에서 교육을 받았다. 1925년 국가 장학금을 받고 벨기에로 유학을 떠났으나 1930년 학업을 마치지 못한 채 이란으로 돌아와 은행에서 일하며 소설과 희곡 등을 발표했다.
진보적인 예술가들의 모임 '라바(사인조)'를 결성했지만 정부의 탄압을 받고, 정치적 현실과 자신의 상황에 실망하여 인도로 떠났다. 1937년에 인도에서 『눈먼 부엉이』를 복사본 형태로 출간했으나 정작 이란에서는 1941년에야 발표할 수 있었다. 이 책은 재출간과 검열을 반복하다가, 2006년 이란 대축출의 일환으로 출판권을 몰수당했다. 정치적 문제로 고립되고 박해 받은 헤다야트는 1950년에 파리로 갔으나 1951년 4월, 가스를 틀어놓고 자살했다. 주요 작품으로 장편 『하지 아카』 『눈먼 부엉이』, 단편집 『생매장』 『세 방울의 피』 『떠돌이 개』 등이 있다.

옮긴이 배수아
1965년 서울에서 태어나 이화여자대학교 화학과를 졸업했다. 1993년 『소설과사상』으로 등단했으며, 지은 책으로 소설집 『푸른 사과가 있는 국도』 『바람 인형』, 중편소설 『철수』, 장편소설 『일요일 스키야키 식당』 『알려지지 않은 밤과 하루』 등이 있다. 옮긴 책으로 『불안의 꽃』 『나 여기 있으리 햇빛 속에 그리고 그늘 속에』 등이 있다. 2003년 한국일보 문학상을, 2004년 동서문학상을 수상했다.

눈먼 부엉이

초판 1쇄 발행   2013년 5월 28일
초판 6쇄 발행   2024년 11월 12일

지은이   사데크 헤다야트
옮긴이   배수아
펴낸이   이광호
펴낸곳   ㈜**문학과지성사**
등록번호   제1993-000098호
주소   04034 서울 마포구 잔다리로7길 18(서교동 377-20)
전화   02)338-7224
팩스   02)323-4180(편집) / 02)338-7221(영업)
전자우편   moonji@moonji.com
홈페이지   www.moonji.com

ISBN   978-89-320-2408-0

차례

눈먼 부엉이　7

옮긴이의 말　우리가 잘 알지 못하는 세 가지
　　—헤다야트, 이란 그리고 『눈먼 부엉이』　175
　　　　　작가 연보　182

일러두기

1. 이 책은 Ṣādeq Hedāyat의 *Die blinde Eule*(Suhrkamp Verlag, 1997)를 우리말로 옮긴 것이다.
2. 본문의 주석은 옮긴이의 것이다.
3. 맞춤법과 외래어 표기는 1989년 3월 1일부터 시행된 「한글 맞춤법 규정」과 『문교부 편수자료』『표준국어대사전』(국립국어연구원)을 따랐다.

삶에는 마치 나병처럼 고독 속에서 서서히 영혼을 잠식하는 상처가 있다.

하지만 그 고통은 다른 누구와도 나눌 수 없다. 타인들은 결코 그런 고통을 믿지 못하고 정신 나간 이야기로 치부할 뿐이다. 만약 누군가 그 고통에 대해서 묘사하거나 언급이라도 하게 되면, 사람들은 남들의 태도를 따라서, 혹은 신경 쓰고 싶지 않다는 이유로, 의심 섞인 경멸의 웃음을 지으며 무시해버리려고 한다. 아직 인간은 그런 고통을 치유할 만한 수단을 갖고 있지 못하기 때문이다. 유일한 방법이라면 술을 마시고 망각해버리는 것, 혹은 아편이나 약물에 취해 인공적인 잠에 빠져드는 것뿐이다. 그러나 이런 방

법은 효과가 오래가지 못한다. 고통은 잦아드는 것이 아니라 잠시 후 더욱 격렬한 형태로 되돌아오고 만다.

잠과 의식 사이에 있는 황량한 지대, 혼수에 빠진 영혼이 겪는 그림자의 세계, 그 초자연적 체험의 비밀을 인간은 밝힐 수 있을까?

이제 나는 내가 실제로 겪은 그런 체험 중의 한 가지에 대해서 쓰려고 한다. 너무도 깊고 현기증 나는 절망의 심연 속으로 나를 몰아넣었으므로 결코 잊을 수가 없는 체험이다. 그 일은 나에게 지워지지 않는 사악한 그늘을 드리워버렸고, 그래서 내가 살아 있는 내내, 최후의 그날이 올 때까지, 영원의 시간 동안, 인간의 이성과 사고가 접근할 수 없는 아득한 세상의 종말에 다다를 때까지, 내 인생에 무서운 독으로 작용할 것이다.

'독'이라고 나는 썼다. 하지만 더 정확히 설명하자면 그것은 내 안에 원래부터 있던 고통의 흉터이며, 그 흉터를 지닌 채 앞으로도 살아갈 것이라고 말해야 하리라.

내 기억 속에 남아 있는 모든 것, 그 일이 일어난 상황과 전개에 대해서 내가 알고 있는 내용 전부를 빠짐없이 기록하기 위해 노력할 것이다. 그러다 보면 보편적인 판단을 내리는 것이 가능할지도 모른다. 아니 그렇지 않다. 나는 그 일이 실제로 일어났음을 스스로 믿기 위한 자기확신이 필요할 뿐이다. 타인들이 내 말을 믿어주든 그렇지 않든 내게는 상관이 없다. 내가 겁내는 것은 오직 한 가지, 나 자신이 누구인지 알지 못하는 채로 내일 죽게 되는 일이다. 살아오면서 나는 추악한 입을 벌린 커다란 구덩이가 타인들과 나를 갈라놓고 있음을 알게 되었다. 그리하여 오직 침묵할 것, 마음속의 생각을 결코 입 밖에 내지 말아야 한다는 것을 알았다. 그런데도 불구하고 지금 이 이야기를 글로 남겨놓기로 결심한 이유는 단지, 내 그림자와의 친교를 시작해보기 위해서이다. 등을 구부정하게 웅크린 채 벽에 비치는 어둑한 그림자, 극심한 굶주림으로 미쳐버린 듯이 내가 쓰는 글은 뭐든지 남김없이 집어삼켜버리겠다는 자세로 도사린 그림자. 나는 호기심이 인다. 용기를 내서 시도해보고 싶다. 그래서 과연 우리가 서로를 더 잘 알게 될 것인지 궁금해진다. 그 일 이후로 나는 다른 인간들과의 관계를 모두 완전히 끊어버렸으므로, 나는 내가 누구인지 정말로 알고 싶다.

  허튼 말장난이라고! 그럴지도 모르지. 하지만 그 허튼소리가 이 세상의 그 어떤 진실보다도 더욱 지독하게 나를 괴롭히고 있다. 이 세상에 있는, 나와 비슷하게 생긴 인간들, 그리고 아마도 나와 같은 갈망과 바람을 갖고 있는 저 사람들은, 모두 나를 속이기 위해 일부러 만들어진 존재들은 아닐까? 나를 조롱하고, 나를 미혹에 빠뜨리기 위해 생겨난 한 줌의 그림자에 불과한 것은 아닐까? 내가 보고, 느끼고, 생각하는 모든 것은 사실은 현실과는 관련이 없는 착각과 망상에 불과한 것은 아닐까?

지금 기름 램프의 불빛이 맞은편 벽에 만들어낸 내 그림자를 위해서 나는 글을 쓰고 있다. 그에게 나를 알리기 위해서, 나는 쓴다.

오직 가난과 재앙으로 가득한 이 비참한 세상에 태어난 이후 처음으로 나는 내 삶에 빛이 비추는 것을 느꼈다. 하지만 그건 천지를 비추는 찬란한 햇빛은 아니고 희미하게 휙 스쳐 지나가는 순간의 빛에 불과했다. 어떤 여인의 모습을 한, 아니 천사의 모습을 한 별똥별처럼 멀고도 아득한 희미한 빛. 하지만 그 찰나의 광채 속에서 나는 아주 짧은 순간, 내 인생 전체를 관통하고 있는 불운의 전모를 보았으며, 동시에 그것이 지닌 숭고한 아름다움까지도 알아차렸다. 그리고 곧 빛은 암흑의 소용돌이 속으로 사라져갔다. 그것이 빛의 운명임이 확실했다. 그 희미한 빛줄기를 붙잡는다는 것은 내게 불가능한 일이었으니까.

석 달 동안, 아니 정확히는 두 달하고도 나흘 동안, 나는 그녀의 흔적을 보지 못했다…… 하지만 마법의 빛을 간직한 그녀의 눈동자, 죽음의 불길을 담은 그녀의 시선은 내 기억 속에 영원토록 남을 것이다. 어떻게 잊을 수 있겠는가! 내 인생 전체가 그녀에게 달려 있는데!

아니, 그녀의 이름을 입에 담지는 않겠다. 그녀의 고귀한 형상, 은은하게 반짝거리는, 마치 안개의 베일에 싸인 듯이 날씬한 모습, 그리고 커다란 눈동자, 깜짝 놀란 듯 크게 떠져 형형한 광채로 빛나는 눈동자, 그 눈동자에 깊이 가라앉은 내 삶은 서서히 고통스럽게 불타버리며, 마침내 소멸을 향해 녹아들어갔다―그 형상은 비참과 야만이 판치는 이 저열한 세상에 속한 것이 아니었다. 그렇다. 무슨 일이 있어도 그녀의 이름을 이 현세의 입으로 더럽혀서는 안 된다.

그녀를 잃어버린 뒤, 나는 행복에 겨워 날뛰는 악귀 같은 인간 무리와 인연을 끊은 채 혼자만의 고독 속으로 칩거하여―모든 것을 잊기 위하여―아편과 포도주에서 피난처를 구했다. 이후로 내 모든 삶은 오직 사방의 벽 속에 갇힌 내 방에서만 진행되었다. 그 점은 지금까지도 변함이 없다. 여전히 사방 벽 사이의 이 공간이 내 삶의 무대 전부인 것이다.

아침부터 밤까지 나는 미술 작업에 몰두했다. 하루 종일 필통에 그림을 그렸고, 포도주를 마셨으며, 아편을 피웠다. 필통 화가라는 하찮은 직업은 아무런 생각도 하지 않고 무감각하게 일만 함으로써 시간을 보낼 목적으로 내가 스스로 고른 것이다.

다행히도 내가 사는 집은 시내에서 먼 곳에 있다. 인간들의 광란과 아귀다툼으로부터 멀리 떨어진, 조용하고 한적하며, 철저하게 고립된 외딴 장소. 주변에는 오직 허물어진 폐허들만 서 있다. 아주 멀리, 분지 구덩이 건너편에, 다 쓰러져가는 진흙 벽돌로 지은 오두막 몇 채가 보일 뿐이다. 도시는 거기서부터 시작한다. 도대체 어떤 정신 나간 괴짜가 하필이면 이곳에다 덩그러니 집 한 채를 지어놓았는지 알 수 없다. 이 집은 로마인들이 이 땅에 살기 이전 시대에 지어졌다. 눈을 감으면 이 집의 모든 구석과 틈바구니가 선연히 떠오를 뿐만 아니라 이 집 전체의 무게가 어깨 위에 느껴질 정도이다. 이 집은, 아마도 사람들이 필통의 그림 속에서나 볼 수 있을 법한 그런 집이다.

이 모든 것을 나는 기록해야만 한다. 그 어떤 자기기만도 허용해서는 안 되며, 벽에 비친 내 그림자에게 모든 것을 사실대로 다 말해주어야 한다. 예전에 나는 일상적인 작업에서 조그만 기쁨을 느끼고 그런대로 즐거워하면서 지내

기도 했다. 늘 방 안에 머물면서 필통에 하나하나 그림을 그려가는 것, 그 하찮은 일에 몰입하면서 시간을 흘려보내는 것 말이다. 그러나 그 눈동자와 마주친 이후, 그녀를 만난 이후부터 나는 그 어떤 행동에서도, 그 어떤 자극에서도 의미를 발견할 수 없게 되었다. 이상하고도 신기한 일은, 내가 필통에 그리는 그림의 모티프가 처음부터 한결같았다는 점이다. 설명할 수 없는 일이지만 나는 항상 같은 형상들을 그려오고 있었다. 사이프러스 나무 한 그루, 그것도 항상 같은 모양의 사이프러스 나무, 그 아래에는 인도의 요기를 연상시키는 곱사등이 노인이 커다란 외투를 몸에 두르고, 머리에는 터번을 쓴 채 앉아 있는 것이다. 땅바닥에 쪼그리고 앉은 그는 무엇엔가 놀란 몸짓으로, 왼손의 집게손가락을 입술에 대고 있다. 노인의 맞은편에는 검고 긴 옷을 입은 소녀가 서 있다. 소녀는 허리를 구부리고 노인을 향해서 손에 든 메꽃 한 송이를 건네준다. 소녀와 노인 사이에는 좁다란 시내가 흐르고 있다. 나는 예전에 어디선가 이런 광경을 목격한 것은 아닐까? 아니면 꿈속에서 문득 떠오른 한 장면일까? 알 수 없다. 내가 아는 것은 오직 한 가지, 항상 똑같은 모티프를 가지고 똑같은 장면만을 그리고 있었다는 사실이다. 내 손은 무의식중에 저절로 움직여 이와 같은 광경을 그리곤 했다. 더더욱 놀라운 사실은, 이런 내 그림을 사겠다는 구매자가 항상 있어왔다는 점이다. 심지어 나는 그림이 그려진 필통들을 인도에 있는 삼촌에게 보내기까지 했다. 삼촌은 그곳에서 필통 그림을 팔았고, 판매 금액을 나에게 송금해주었다.

그림 속 광경은 나에게 아득하기도 하고, 또 한편으로는 아주 가깝게 느껴졌다. 구체적인 것은 기억나지 않는다. 아니, 뭔가 생각이 떠오르는 것도 같다. 이미 말한 바와 같이, 기억나는 것은 뭐든지 다 기록해야 한다. 하지만 정작 그 일은 그림을 그리기 시작한 이후 한참이나 지난 다음에 일어났다. 그러니 필통 그림의 주제와는 전혀 상관이 없다. 그리고 그 일로 인해 나는 그림 그리는 일을 완전히 접어버려야만 했다.

두 달 전, 아니 두 달하고도 나흘 전, 노루즈*가 지난 지 딱 13일째 되는 날이었다. 모든 사람이 시내를 떠나 교외로 흩어졌다. 나는 조용히 그림에 몰두하기 위해 내 방 창문을 닫아버렸다. 저녁 어스름이 시작되기 직전—하루 종일 나

---

* Nōrūz, Nō Rūz: 이란의 신년을 뜻한다. 봄의 시작을 알리는 날로 3월 21일에 해당한다. 노루즈 이후 13일째 되는 날은 모든 사람이 악령을 쫓아내기 위해 집을 떠나 자연으로 나간다.

는 일에만 열중했다—그날 처음으로 문이 열리고 삼촌이 집 안으로 들어왔다. 정확히 설명하자면, 자신이 내 삼촌이라고 주장하는 남자가 집으로 찾아온 것이다. 삼촌은 이미 젊은 시절부터 항상 멀리 여행을 떠나 있었으므로 나는 삼촌을 실제로 만난 일이 한 번도 없었다. 내 기억에 따르면 그는 선장이었던 것 같다. 나는 삼촌이 뭔가 사업상의 목적으로 나를 찾아왔다고 믿었다. 삼촌이 무역상 일도 한다고 들었기 때문이다. 사실이 뭐든 간에, 삼촌은 등이 꼽추처럼 굽은 늙은 남자였다. 머리에는 인도산 터번을 쓰고 있었으며, 어깨에는 누런 색깔의, 다 떨어진 누더기 외투를 뒤집어썼고 얼굴조차도 숄로 말아 가린 상태였다. 열어젖힌 셔츠 칼라를 통해 털이 무성하게 난 그의 가슴팍이 보였다. 얼굴을 감은 숄 아래로 드러난 가느다란 수염은 너무도 듬성듬성하여 그 수를 셀 수 있었을 정도다. 불그스름한 눈꺼풀과 언청이 입술. 그의 외모는 나의 외모와 무척이나 희미한, 하지만 기이하게도 선명한 유사점이 있었다. 마치 나 자신의 모습이 일그러진 슬픔의 거울에 비쳐 보이는 듯했다. 나는 예전부터 내 아버지의 모습이 그러할 것이라고 늘 상상해왔다.

삼촌은 집 안으로 들어오자마자 방 한구석으로 가서 몸

을 움츠린 채 쪼그리고 앉았다. 그에게 뭔가 마실 것을 내 와야겠다고 생각한 나는 램프를 켜고 방 뒤에 있는 어두컴컴한 창고로 갔다. 비록 손님 대접을 할 만한 것이라곤 전혀 없음을 잘 알고는 있었지만, 그래도 나는 창고 구석구석을 더듬어보았다. 아편도 없었고 포도주도 없었다. 그런데 마치 갑작스러운 영감이 떠오르기라도 한 듯 내 눈길은 선반의 맨 꼭대기를 향했다. 거기에는 내가 유산으로 물려받은 오래된 포도주가 한 병 있었다. 내가 태어난 날을 기념하기 위해 담근 술일 거라고, 나는 추측해보았다. 그때까지는 한 번도 그런 생각을 해보지 못했다. 그 말은 곧, 집에 그런 포도주가 있다는 것을 까맣게 잊고 살았다는 뜻이다. 선반 꼭대기에 손이 닿기 위해서 나는 의자 위에 올라서야만 했다. 그래서 막 포도주 병에 손이 닿은 찰나, 나는 선반 뒤쪽 벽에 뚫린 구멍을 통해서 우연히 바깥을 내다보게 되었다. 집 뒤편의 공터에 곱사등이 노인 한 명이 사이프러스 나무 아래 앉아 있었다. 그 앞에는 한 소녀가, 아니 하늘에서 내려온 천사가 왼손 집게손가락 손톱을 잘근잘근 씹는 노인을 향해 몸을 굽히고, 오른손에 든 검푸른색 메꽃을 건네고 있었다. 소녀는 눈길이 나와 정면으로 마주 보는 위치였지만 주변의 사정에는 전혀 신경 쓰지 않고 있다는 인상을 주었다. 그녀는 시선을 앞으로 향한 채, 그 어떤 사물도 바라보고 있지 않았다. 그녀의 입술 끄트머리에는 겁에 질린 듯한, 무의식적인 미소가 굳은 듯 고정되어 있었다. 마치 그 자리에 없는 다른 누군가를 생각하면서 짓는 미소 같았다.

벽의 구멍을 통해서 나는 단번에 두려움을 불러일으키는 마법의 눈동자와 마주쳤다. 지켜보는 사람에게 통렬한 비난을 던지는 눈동자, 겁에 질린, 당황해하는, 위협하는, 하지만 동시에 마음을 빨아들이는 눈동자. 의미심장하면서도 무한한, 그 반짝이는 마법의 심연을 향해 내 생명의 빛이 빠져 들어갔고, 그 안에서 길을 잃었다. 마치 신비의 거울처럼, 도저히 저항할 수 없는 무아지경 속으로 내 전 존재를 빨아들였다. 비스듬하게 찢어진 투르크멘 눈동자는 이 세상의 것 같지 않은 광채를 내뿜었고, 나를 공포에 질리게 하는 동시에 황홀경으로 몰고 갔다. 소녀의 눈길은 아주 먼 곳, 멀리 있는 어떤 무시무시한 풍경, 다른 사람은 아무도 볼 수 없는 풍경을 응시하는 것처럼 보였다. 소녀의 광대뼈는 불쑥 튀어나왔고 이마는 넓었다. 눈썹은 가늘면서도 양쪽이 길게 서로 이어졌고, 도톰한 입술은 반쯤 열려 있었다. 매우 열정적인 입맞춤을 길게 나누던 중에 상대방의 입술로부터 갑자기 떨어진, 그리하여 여전히 불타오르는 갈망을 숨길 수가 없는 그런 입술이었다. 길게 풀어헤친 검은 머리카락은 달처럼 창백한 그녀의 얼굴 주변에 마구 헝클어져 있었는데, 머리카락 한 올이 관자놀이 주변에 늘어진 채였다. 섬세하면서 가녀린 팔다리, 가볍게 늘어지는 몸동작은 그녀가 지금 쓰러질 정도로 매우 허약하다는 것을 보여주었다. 그녀의 움직임은 하나하나가 음악에 맞추어 춤추는 듯했는데, 그것은 인도의 사원에서 춤추는 무희의 몸짓이었다.

음울하게 가라앉은 얼굴 표정, 그리고 슬픔으로 가득한 묘한 환희의 인상은 그녀가 결코 보통의 인간이 아님을 암시했다. 뿐만 아니라 그녀의 아름다움 또한 이 세상에서 빚어진 것이 아니었다. 그녀는 아편의 몽롱한 환각 속에서만 나타나는 꿈의 형상 같았다. 마치 알라우네*가 그러는 것처럼, 그녀는 내 안에 사랑의 불길을 피워 올렸다. 어깨와 팔, 가슴과 허리 그리고 종아리까지 완벽하게 조화로운 육체의 선과 날씬하게 키가 큰 형상은, 방금까지 애인의 팔에 안겨

---

* Alraune: 독일 전설에 나오는 꽃으로 억울하게 교수형을 당한 사람의 정액에서 피어나며 그 꽃을 꺾을 때 들리는 원혼의 비명소리를 들으면 귀머거리가 된다고 한다. 실제로는 독성이 있는 가짓과 식물로 옛날부터 치유, 신비한 의례에 사용되었다. 특히 뿌리 모양이 인간의 형상과 닮아 고대에는 마법의 재료, 특히 사랑의 비약으로 사용되었다.

있다 강제로 떨어진 여인의 애처로움을 느끼게 했다. 신랑으로부터 떨어져 나간 알라우네처럼.

그녀는 몸매의 굴곡을 그대로 드러내주는 검은색 주름 원피스 차림이었다. 내가 그녀의 모습을 발견했을 때, 그녀는 막 노인과 그녀 사이에 가로놓인 시내를 건너뛰려고 하는 것 같았지만 성공하지 못했다. 그러자 노인이 웃음을 터뜨렸다. 듣기 싫게 바싹 갈라진 메마른 웃음소리가 들리자 나는 머리카락이 쭈뼛 곤두서는 듯했다. 노인은 거칠게 쉰 목을 컹컹 울리면서, 얼굴 표정 하나 바꾸지 않은 채, 조소하는 듯한 경멸의 웃음을 쏟아냈다. 그 웃음소리는 마치 텅 빈 동굴 속에서 울리는 메아리처럼 들렸다.

한 손에 포도주 병을 쥐고, 공포에 질린 상태로 나는 의자에서 내려왔다. 그때 내가 왜 그토록 온몸을 덜덜 떨어댔는지 지금도 알 길이 없다. 그것은 마치 감정을 온통 뒤흔드는, 하지만 동시에 묘하게 기분 좋은 꿈을 꾸다가 깜짝 놀라서 눈을 떴을 때와 비슷한, 공포와 환희가 섞인 떨림이었다. 포도주 병을 바닥에 내려놓은 나는 두 손으로 머리를 감쌌다. 그 상태로 몇 분이 지나갔는지, 아니 몇 시간이 지나갔는지 나는 알 수 없다.

내가 다시 제정신을 차리고 났을 때, 삼촌은 이미 집을 떠나버린 다음이었다. 죽은 자의 입처럼 문이 활짝 열려 있었다. 내 귀에는 여전히 노인의 메마른 웃음소리가 거칠게 울렸다.

서서히 날이 어두워졌다. 기름 램프가 연기를 피워 올렸다. 아직도 나는 공포스러운, 하지만 온몸을 기분 좋게 관통하는 전율에서 빠져나오지 못했다. 바로 그 순간부터 내 인생은 바뀌었다. 그 천사를 단 한 번 보는 것만으로, 나의 내면에서 설명할 수 없는 불가해한 힘이 작용하기 시작했다. 나는 넋을 잃었다. 마치 오래전부터 그녀의 이름을 알고 있었던 것만 같은 느낌에 사로잡혔다. 그녀의 눈동자 속에서 활활 타오르던 불길, 그녀의 피부색, 그녀의 향기, 그녀의 몸짓, 이 모든 요소가 매우 친숙했다. 우리의 영혼이 지난 생에서, 영원보다 더 오래전인 어떤 시간에, 함께 피부를 맞대고 살았던 것만 같았다. 우리가 같은 근원에서 나왔으며 우리를 구성하는 성분이 같으므로, 우리는 반드시 하나가 되어야만 할 것 같았다. 그리고 이 현세의 삶에서도 그녀 가까이에 있고 싶다는 욕망이 활활 타올랐다. 하지만 그녀를 건드리고 싶다는 욕망은 아니었다. 그런 건 절대 아니었다. 그녀의 육체가 발산하는 아우라를 내 가까이에 두고 내 육신의 아우라와 뒤섞이게 할 수 있다면, 그것으로 아주 충분했다. 나는 내가 목격한 장면의 충격으로 두려움에 떨기도 했지만, 동시에 그것이 어딘지 나에게 익숙하다는 것을 첫눈에 알아차렸던 것이다. 하지만 원래 사랑에 빠진 연인이란 다들 전생에 이미 서로를 알고 있었다는 느낌을 갖는 것이 보통이 아닐까? 그래서 비밀스러운 끈이 서로를 서로에게 이끌어주었다고 믿지 않는가? 어쨌든 나는 이 남루한 세상에서 오직 그녀의 사랑 말고는 아무것도 갈망하지 않았다. 그녀 이외의 다른 누구도 나를 이토록 강렬하게 흔들어놓지 못했다. 하지만 그 노인의 메마르고 기분 나쁜 웃음소리, 그 소름 끼치는 웃음이 그녀와 나 사이의 결속을 파괴하고 있었다.

그날 밤 나는 전혀 잠을 이루지 못한 채 이런 생각에 잠겨 있었다. 몇 번이고 뒷방으로 가서 벽 틈새로 바깥을 내다보고 싶었지만 노인의 소름 끼치는 웃음소리가 떠올라 주저하게 되었다. 다음 날도 마찬가지였다. 그녀를 다시 만나고 싶은 마음을 어떻게 그냥 포기해버릴 수가 있겠는가? 마침내 3일째 되던 날에야 나는 결심을 굳혔다. 엄청난 두려움에 떨면서 오래된 포도주 병을 다시 선반 위 제자리로 올려놓기로 한 것이다. 하지만 내가 뒷방의 선반을 가린 커튼을 열고 다시 벽 구멍으로 바깥을 내다보려고 했을 때, 그곳에는 오직 시커먼 벽이 눈앞을 가로막고 있었을 뿐이다. 내 인생 전체를 언제나 지배하고 있었던 바로 그 암흑의 색채를 띤 시커먼 벽이. 그곳에는 조그만 틈새도 나 있지 않았고, 바깥을 볼 수 있는 작은 구멍 하나도 없었다. 사각형으로 뚫어져 있던 틈새는 완전히 메워졌으며, 뿐만 아니라 메워진 자리는 다른 자리와 조금도 분간할 수 없을 정도로 똑같이 보여서, 마치 처음부터 거기에 전혀 구멍이 나 있지 않았던 것만 같았다. 나는 의자를 앞으로 끌어당겨서 신들린 사람처럼 주먹으로 벽을 친 다음 귀를 가까이 대보았고, 램프를 가져와 벽을 샅샅이 살펴보았으나 아주 조그마한 구멍이나 틈새도 발견하지 못했다. 두껍고 완강한 벽은 내 주먹에 전혀 동요하지 않은 채 납의 장벽처럼 단단하게 버티고 있었을 뿐이다.

그녀를 다시 만나고 싶은 마음을 어떻게 그냥 포기해버릴 수가 있겠는가? 하지만 그것은 이미 내 손을 벗어난 일이었다. 그때부터 나는 그리움이라는 고문에 시달리는 영혼이었다. 나는 기다리고 또 기다렸다. 하루 종일 바깥을 지키고 서서 찾고 또 찾았다. 하지만 아무 소용이 없었다. 나는 집 주변을 한 걸음 한 걸음 돌아다니며 그녀의 흔적을 찾아다녔다. 하루, 이틀이 아니라 두 달하고도 나흘 동안,

범행의 장소를 반드시 다시 찾는다는 범죄자처럼. 저녁마다 나는 머리가 잘려나간 암탉처럼 집 주변을 뛰어다녔다. 그리하여 집 근처에 있는 바위 하나, 돌 부스러기 하나까지 샅샅이 알게 되었다. 하지만 그 어디에도 사이프러스 나무는 서 있지 않았고, 시냇물은 흐르지 않았다. 그리고 내가 보았던 그런 사람들의 모습도 그 어디에도 없었다. 얼마나 많은 밤 동안 나는 달빛 아래서 땅바닥에 무릎을 꿇은 채 좌절의 눈물을 흘리며 나무와 돌, 그리고 달님에게 기도를 올렸던가. 혹시 그것들이 그녀를 다시 데려다줄지도 모른다는 실낱같은 희망을 가슴에 품고서! 지상에 있는 모든 생물에게 소리쳐 간절히 도움을 요청했지만, 그녀의 흔적이라곤 조금도 발견하지 못했다. 마침내 나는 그녀를 찾아다니는 일을 포기해야만 했다. 그런 모든 행동이 무의미하다는 것을 깨달았기 때문이다. 그녀는 이 세상의 그 어떤 사물과도 연관을 맺고 있지 않음이 분명하므로. 예를 들자면 그녀가 머리를 감는 물은 마법의 동굴 속에 있는, 아무도 모르는 오직 그녀만을 위한 유일한 샘에서 솟아날 것이라고 나는 생각하게 되었다. 또한 그녀의 옷도 일반적인 모직이나 면섬유가 아니고, 그 옷을 짓고 꿰맨 손길도 이 세상 인간의 것이 아니라고 말이다. 그녀는 선택받은 존재였다. 그제야 나는 그녀가 들고 있던 메꽃도 자연 상태의 평범한 메꽃이 아니라는 결론을 내렸다. 만약 인간 세상의 물로 그녀의 얼굴을 씻는다면 그 얼굴은 금세 시들어버릴 것이다. 그녀가 가녀리고 긴 손가락으로 세상의 평범한 메꽃을 꺾는다면 그 손가락 역시 세상의 평범한 꽃 이파리처럼 말라갈 것이다.

그 모든 것을 나는 충분히 이해했다. 그 소녀는, 아니 그 천사는, 내 영감의 유일한 원천, 말로는 표현할 수 없는 깨달음의 원천이었다. 그녀는 몹시도 섬세한 존재여서 인간이 감히 그 몸에 손을 댈 수가 없었다. 그녀는 내 마음속에 경배의 감정이 솟아나게 만들었다. 만약 어떤 다른 낯선 사람, 어떤 평범한 인간의 눈길이 닿는다면 그녀는 그대로 시들어버리고 말라갈 것이다. 나는 단 한 순간도 이 사실을 의심하지 않았다.

그녀를 잃어버린 이후, 납처럼 무겁고 축축한 벽이 그녀와 나 사이를 도저히 서로 바라볼 수 없게 가로막고 선 이후, 내 인생은 더 이상 아무런 의미가 없었다. 나는 영원히 버림받은 존재에 불과했다. 비록 그녀를 바라보면서 느꼈던 한없는 사랑스러움과 더없이 깊은 환희는 내 가슴에 남아 잔재하고 있었지만, 그 감정은 아무런 화답을 얻어내지 못했다. 하지만 나는 여전히 그녀의 눈동자에 미친 듯이 매달려 있었다. 한 번만, 오직 한 번만 그녀가 날 보아준다면, 모든 철학적 문제와 신학적 수수께끼가 저절로 풀릴 것이고, 이 세계의 모든 신비가 베일을 벗을 것만 같았다.

그 이후로 나는 더더욱 알코올과 아편에 탐닉하면서 시간을 보냈다. 그러나 불행히도 그런 물질은 내 맘속의 절망감을 마비시키지도, 둔하게 만들어주지도 못했다. 나에게 망각을 선사해준 것이 아니라 도리어 그 반대였다. 알코올과 아편 덕분에 나는 그녀의 육체를, 그녀의 얼굴을, 매일, 매시간, 매분 항상 더더욱 또렷하게 눈앞에 그려보게 된 것이다.

어떻게 그녀를 잊을 수 있었겠는가? 눈을 뜨거나 감거나, 잠을 자거나 깨어 있거나, 언제나 그녀는 내 앞에 있었다. 그녀의 모습은 예전의 그 틈새를 통해서, 사각형의 구멍을 통해서 항상 눈앞에 머물러 있었으며, 마치 인간의 생각과 이성을 둘러싸고 있는 깊은 밤처럼 항상 내 감각을 온통 지배했다.

더 이상 내 인생에 평안이란 없었다. 어떻게 내가 마음의 평안을 얻을 수 있었겠는가? 매일, 땅거미가 지기 직전 나는 산책에 나섰다. 나는 내가 왜 시냇물과, 사이프러스 나무와, 메꽃이 피어 있는 장소를 찾아 헤매고 다녔는지 스스로도 이해하지 못했다. 저녁의 산책은 아편과 마찬가지로 나에게 뗄 수 없는 습관이 되었다. 어떤 마법의 힘이 나를 잡아끄는 것만 같았다. 산책길 내내 나는 오직 그녀만을 생각했고, 그녀를 처음 목격했던 순간을 생각했다. 내가 그녀를 보았던 장소, 노루즈 다음 13일째 날에 그녀가 있었던 그 장소를 나는 찾고 싶었다. 그 장소에서, 그 사이프러스 나무 아래에 앉고 싶었다. 그러기만 하면 마음의 평화가 돌아올 것 같았다. 그러나 가슴 아프게도 눈에 들어온 것은 덤불숲과 뜨거운 모래땅, 죽은 말의 해골과 쓰레기 더미에 코를 박고 있는 개 한 마리뿐이었다. 나는 그녀를 정말로 만났을까? 아니, 그것은 결코 만남이 아니다! 단지 나는 숨어서 그녀를, 내 뒷방의 구석진 틈새의 초라한 구멍을 통해서 몰래 훔쳐보았을 뿐이다. 나는 쓰레기 더미에 코를 박고 먹을 것을 찾다가 멀리서 누군가 쓰레기를 버리러 오는 모습이 보이면 겁에 질린 채 꼬리를 감추고 구석으로 숨는 개, 그 사람이 사라지면 다시 나와 새로운 쓰레기에 킁킁거리며 덤벼드는 굶주린 개 한 마리였을 뿐이다. 하지만 이제 틈새는 메워져버렸다. 그녀는 나에게 쓰레기 더미 위에 던져진 싱싱하고 향기로운 꽃다발로 남았다.

내가 마지막으로 산책에 나선 날 밤, 하늘은 무섭게 흐렸다. 비가 내렸다. 눈에 보이는 풍경은 모두 짙은 안개에 싸였다. 이렇게 비가 오는 날에는 눈을 찌르는 현란한 색채와 날카로운 윤곽 들이 부드럽게 보였다. 나는 어느 정도 자유로움과 편안한 느낌을 받았다. 비가 내 마음의 어두운 색채들을 씻어내주는 것만 같았다.

그날 밤, 일어나지 말아야 할 일이 일어났다. 나는 특별한 목적지 없이 발길 닿는 대로 여기저기 돌아다녔다. 고독한 이 순간, 얼마나 지속되었는지 기억할 수 없는 그 순간 동안, 두꺼운 안개와 연무 사이로 나타난 그녀의 수줍고 부드러운 얼굴을 본 것만 같았다. 지금까지 그 어떤 순간보다 더더욱 선명한 형태로, 하지만 내 필통의 그림처럼 움직임도 없고 표정도 없이.

집으로 돌아왔을 때는, 지금 생각해보니 아마 밤이 깊은 다음이었을 것이다. 안개는 그사이 더욱 짙어져서 발아래 땅바닥조차도 거의 보이지 않을 정도였다. 하지만 집 바로 앞에 도착했을 때 나는, 평소에 항상 그런 상상을 했기 때문인지 아니면 모종의 감각이 발동한 탓인지, 안개 속에서 검은 옷자락이 보인다는 느낌을 받았다. 검은 옷을 입은 여인의 형상이 집 앞 돌계단 위에 앉아 있었다.

나는 열쇠 구멍을 찾으려고 성냥에 불을 붙였다. 그러다가 무의식중에 검은색 옷을 입은 여인의 형상으로 눈길을 돌리게 되었는데, 왜 그랬는지 이유는 지금도 알 수 없다. 나는 비스듬하게 찢어진 두 개의 눈동자를 알아보았다. 달처럼 창백하고 좁다란 얼굴 가운데 자리한 커다랗고 검은 눈동자가 나를 향해 뚫어질 듯한 시선을 보내고 있었다. 하지만 나를 바라보는 것은 아니었다. 만약 내가 이전에 그녀를 본 적이 없다 할지라도 그 순간 나는 그녀를 알아보았을 것이다. 그건 절대 착각이 아니다. 그녀가 거기 있었다. 검은색 옷을 입은 그 형상은 그녀 말고 다른 누구도 될 수 없었다. 나는 마치 꿈속에서 이게 꿈이라는 것을 알고 있는 상태로 어서 깨어나기를 원하지만 깨어나지 못하고 있는 그런 느낌이었다. 머릿속이 혼란한 채로 나는 어떻게 해야 할 줄 몰랐다. 그 상태로 그 자리에 돌처럼 우뚝 서 있었을 뿐이다. 끝까지 타버린 성냥개비가 손가락에 화상을 입혔다. 그제야 정신이 든 나는 열쇠를 구멍에 넣고 돌렸다. 문이 열렸고 나는 옆으로 비켜섰다. 몸을 일으킨 그녀는 집 안으로 들어서서 마치 이 집을 잘 아는 것처럼 어두컴컴한 복도를 지나 내 방문을 열었다. 그녀의 뒤를 따라 방으로 들어선 내가 서둘러 기름 램프에 불을 붙였을 때, 그녀는 이미 내 침대에 누워 있었다. 그녀의 얼굴은 램프의 불빛이 가

닿지 않는 어둠 속에 있었다. 그래서 그녀가 나를 보고 있는지, 내 목소리를 들을 수 있는지, 나는 알지 못했다. 그녀는 전혀 두려워하지 않았고, 저항하려는 기색도 없었다. 나는 그녀가 자신의 의지와는 상관없이 그냥 여기로 왔다는 인상을 받았다.

그녀는 병들었을까? 그녀는 정신이 이상해진 것일까? 그녀는 마치 몽유병자처럼 걸어서 내 집으로 왔다. 이 세상의 누구도 내가 그 순간 가졌던 느낌을 상상할 수 없으리라. 나는 설명할 수 없이 환희로운 고통에 떨었다. 잘못 생각한 것이 아니다. 그녀가 분명하다. 그녀가 한 번의 주저함도 없이, 한마디 말도 없이 내 방으로 온 것이다. 그동안 내가 머릿속으로만 상상해보던 우리의 재회가 그대로 실현된 것이다. 나는 아득하게 깊은 잠과 마찬가지의 상태로 빠져들었다. 누구나 꿈을 꾸려면 잠이 들어야 하는 법이니까. 그 순간의 고요는 영원한 삶처럼 느껴졌다. 영원 속에서 인간은 말을 하지 않을 테니까.

내 눈에 그녀는 한 명의 여인이자 동시에 초월적인 존재이기도 했다. 그녀의 얼굴을 보고 있으면 나는 다른 모든 얼굴을 잊었다. 그녀의 시선을 받으면 내 온몸이 떨리고 무릎이 후들거렸다. 그 순간 나는 그녀의 커다란, 촉촉하게 빛나는 눈동자의 심연 속에서 내 전 인생이 흘러가는 것을 보았다. 그녀의 검은 눈물 속에서 영원한 밤, 짙고도 짙은 암흑을 보았다. 공포스러운 검은 마법의 힘 속으로 나는 가라앉았다. 마치 그 눈동자가 내게서 마지막 한 조각의 힘까지 모조리 다 빨아들여버린 듯했다. 발아래서 땅이 흔들렸다. 까마득한 절벽 아래로 추락하는 것처럼. 나는 말할 수 없이 격렬하게 치밀어 오르는 욕망을 느꼈다.

심장이 멎는 듯했다. 나는 숨을 멈추었다. 아주 미세한 숨결에도 그녀가 구름이나 안개처럼 흩어져버릴 것 같았기 때문이다. 그녀의 침묵은 절대적이고 완벽하여 우리 사이에 유리의 장벽이 가로막혀 있다는 인상을 주었다. 그렇게 생각이 든 순간부터, 바로 그 영원의 찰나부터, 나는 다시 간신히 공기를 호흡할 수 있었다. 마치 초자연적인 어떤 현상, 도저히 감당하기 힘든 무엇인가를 목격한 듯, 마치 죽음이라도 직면해버린 듯, 피곤에 지친 그녀의 눈동자가 서서히 감겼다. 그녀의 눈꺼풀이 느리게 내려 감기는 동안 나는 물에 빠진 채 수면에서 버둥거리며 삶과 죽음의 경계에서 절망적으로 발버둥치는 익사자가 되었다. 열이 끓어올랐다. 나는 소매로 이마의 땀을 닦아냈다.

그녀의 얼굴은 여전히 고요하면서도 무표정이었다. 단지

조금 더 부드럽고, 조금 더 여윈 듯 보였을 뿐이다. 그녀는 가만히 누운 채 왼손 집게손가락의 손톱을 입에 넣고 깨물었다. 그녀의 얼굴은 달처럼 창백했다. 몸에 달라붙는 얇은 섬유의 검은색 옷 아래로 그녀의 종아리, 팔, 가슴의 윤곽이 드러났다.

그녀를 좀더 자세히 보기 위해서 나는 그녀 위로 몸을 숙였다. 그녀는 눈을 감은 채였다. 내가 그녀의 얼굴을 오래 들여다보면 볼수록 그녀는 점점 더 내게서 멀어지는 것만 같았다. 나는 그녀의 비밀에 대해서 단 하나도 아는 것이 없으며, 그녀와 나 사이를 이어주는 연결점도 전혀 존재하지 않는다는 생각이 문득 떠올랐다.

나는 그녀에게 말을 걸고 싶었다. 하지만 그녀를 깨우는 것이 두려웠다. 내 목소리는 천상에서 울리는 미지의 부드러운 음악에만 익숙할 것이 틀림없는 그녀의 섬세한 귀를 더럽힐 것이 분명했다.

어쩌면 그녀가 배고프거나 목이 마를지도 모른다는 생각이 들었다. 나는 방 뒤편 창고로 가서 뭔가를 가져오기로 했다. 하지만 집 안에는 먹을 것이건 마실 것이건 아무것도 없었다. 그런데 문득, 아버지로부터 유산으로 물려받은 그 오래된 포도주가 생각났다. 나는 의자 위로 올라가 선반에서 포도주 병을 꺼낸 뒤 발끝으로 걸어 그녀에게로 되돌아왔다. 그녀는 거기 누워 깊은 잠에 빠져 있었다. 피곤에 지친 어린아이 같은 모습으로. 나는 포도주 병을 열고 그녀의 이빨 사이로 조심스럽게 포도주 한 잔을 따라 부어주었다.

그러자 나는 내 생애 최초로 지극히 평안한 기분에 휩싸였다. 그녀의 잠든 눈을 보고 있자 그동안 나를 괴롭히고 고문하던 마귀, 단단하고 뾰쪽한 발톱으로 내 몸통을 찍어 대던 악령이 조금 물러나버리는 것을 느꼈다. 의자를 가지고 와서 침대 곁에 앉은 나는 그녀의 얼굴을 계속해서 들여다보았다. 참으로 어린아이와 같은 얼굴이 아니던가. 그러나 다른 한편, 참으로 오묘하고 수수께끼 같은 표정이 아니던가! 이 여인, 이 소녀, 이 고통의 천사가—나는 그녀를 어떻게 불러야 할지 몰랐다—지극히 부드럽고 지극히 꾸밈없어 보이는 그녀가 이중의 삶을 산다는 것이 과연 가능했을까?

그녀 몸의 따스한 온기, 검고 숱 많은 머리카락의 촉촉함과 그윽한 향기를 나는 느낄 수 있었다. 그때 왜 내가 떨리는 손을 들어 올렸는지 나는 설명하지 못한다. 이미 내 손은 내 의지와는 무관하게 움직이고 있었으므로. 나는 그녀의 머리카락, 관자놀이 부근에서 늘어져 있는 곱슬머리를 쓰다듬었다. 머리칼은 차갑게 젖어 있었다. 이미 며칠 전부터 죽어 있는 사람처럼 차가웠다. 그건 착각이 아니었다. 내 앞에 누운 것은 이미 죽은 그녀였다. 나는 손을 그녀의 옷 속으로 넣어 가슴의 심장 부위에 가져다 대보았다. 심장 박동이 느껴지지 않았다. 거울을 가져와 그녀의 입과 코에 대보았다. 생명의 숨결이 조금도 없었다.

나는 내 육신의 이글거리는 열기를 통해 그녀의 몸을 녹여 죽음의 냉기를 그녀에게서 몰아내보려고 했다. 그녀의 육신에 내 영혼을 불어넣는다면 가능할 것도 같았다. 나는 옷을 벗고 침대 위 그녀 곁에 누웠다. 우리는 그렇게, 남자와 여자 알라우네처럼, 나란히 살을 맞대고 누워 있었다. 그렇다. 그녀의 몸은 남편의 몸으로부터 떨어져 나온 여자 알라우네와 같았다. 그녀의 입에서는 오이 꼭지처럼 씁쓸하고도 진한 풀 맛이 났다. 그녀의 사지는 우박 알갱이처럼 차가웠다. 그 냉기는 내 심장 가장 깊숙한 중심부까지 파고들었다. 아무리 애를 써도 소용이 없었다. 나는 다시 침대에서 내려와 옷을 입었다. 아니, 착각은 아니었다. 그녀는 분명 내 방으로 왔고, 내 침대에 누웠다. 그리고 육신과 영혼 모두를 나에게 맡겼던 것이다!

그녀가 생명의 기운으로 충만해 있을 때, 그녀의 눈동자는 내 기억 속에서 늘 나를 괴롭혀왔다. 그런 그녀가 지금 내 앞에 누워 있다. 아무런 감정도 지니지 않은 채 차갑게, 영혼이 빠져나간 상태로. 눈을 감고서 자신의 모든 것을 나에게 내맡긴 것이다! 그녀는 내 인생 전체를 독살했다. 아니면 내 삶이 먼저 그녀의 독을 갈망했던 것인가? 지금과는 다른 인생이 과연 나에게 가능했을까? 그녀는 내 방에서, 나에게 자신의 육신과 그림자를 바쳤다. 지상의 그 어떤 존재와도 공통점이 없는 그녀의 영혼은 소리 하나 내지 않고서, 검은색 주름 원피스 밖으로 날아가버렸다. 그녀를 괴롭히던 육신을 떠나 정처 없이 방황하는 그림자의 세계로 가버렸다. 그녀가 나 자신의 그림자까지도 함께 데려가버렸다는 생각이 들었다. 그녀는 느낌도 없이, 그 어떤 움직임도 없이 누워 있었다. 그녀의 섬세한 근육, 신경, 연골과 뼈는 부패를 기다리고 있었다. 쥐들과 구더기의 성찬이 될 순간만을 기다리고 있었다.

이제 나는 불행과 가난의 냄새만이 진동하는 이 무덤 같은 방에서, 나를 완전히 둘러싸고 있으며 벽의 아주 조그만 틈새까지도 전부 장악하고 있는 이 방의 무거운 어둠 속에서, 시체와 함께 차갑고 어두운, 끝없는 밤을 보내야만 했다. 이 세상이 끝나는 날까지, 내가 세상에 존재하는 마지막까지, 이 방에서 죽은 그녀와 함께 살아야 할 것 같은 생각이 들었다.

끊임없이 이어지던 내 생각은 어떤 독특한 생명으로 다시 소생했다. 나를 둘러싸고 있는 모든 것, 내 주변에서 흔들거리며 움직이는 모든 그림자, 살아 있는 모든 것이 나와 연결되어 있다는 강렬한 느낌이 들었다. 어떤 격앙된 조류가 나와 자연의 요소들 사이를 맥박 치며 흐르고 있었다. 그 어떤 생각도, 그 어떤 환상도 낯설지 않았다. 전혀 힘들이지 않고 고대 회화의 비밀 속으로 미끄러져 들어가는 기분이었다. 철학적 난제를 어렵지 않게 파헤칠 수 있고, 형식과 방법을 따지는 끝없는 학설을 쉽게 이해할 수 있었다. 마치 내가 지구와 모든 별의 궤도, 식물의 성장, 동물들의 생과 함께하는 듯했고, 과거와 미래, 가까운 것과 먼 것이 내 감각의 세계와 그대로 하나가 되는 느낌이었다.

누구나 그런 고양된 상태에서는 오래된 습관, 익숙한 중독을 향해 손을 뻗는 법이다. 알코올 중독자는 술을 마시며, 작가는 글을 쓰고, 조각가는 돌을 다듬는다. 누구나 자신의 삶을 자극하는 강력한 힘으로 도피함으로써 삶의 괴로움과 고통에서 놓여날 수가 있다. 바로 그런 순간에 진정한 예술가는 걸작을 탄생시킨다. 하지만 나, 초라하고 재능 없는 필통 화가인 나는 무엇을 해야 한단 말인가? 무미건조하게 번쩍거리는, 게다가 다들 이 달걀과 저 달걀처럼 똑같기만 한 영혼 없는 이 그림들을 가지고 무슨 걸작을 만들어 낼 수 있겠는가? 하지만 그럼에도 불구하고 걷잡을 수 없이 밀려오는 엄청난 충동, 정열적으로 끓어오르는 커다란 갈망이 나를 엄습했다. 이 눈동자, 이제 앞으로 영원히 닫혀버릴 이 눈동자를 그림으로 그리고 싶었다. 도저히 참을 수가 없어진 나는 당장 행동에 옮기기로 결심했다. 죽은 그녀와 한 방에 갇혀 있다는 상상만으로도 내 마음은 기쁨으로 떨렸다.

연기를 뿜어내는 기름 램프를 끈 뒤 초 두 개에 불을 붙여 그녀의 머리 양옆에 세웠다. 흔들리는 불빛 아래서 그녀의 얼굴은 더욱 평온해 보였다. 방 안의 어두침침한 조명은 신비스럽고도 영적인 효과를 불러일으켰다. 종이와 화구들을 챙긴 나는 이제 그녀의 것이 된 침대 곁에 앉았다. 나는 그녀의 얼굴을 그릴 생각이었다. 굳어버린 채 조금도 움직이지 않는 얼굴, 하지만 서서히 부패가 진행되는 얼굴, 살이 완전히 문드러질 운명을 코앞에 둔 얼굴과 그 표정, 나를 영원히 사로잡고 놓아주지 않을 그 표정을 그릴 생각이었다.

그림이란, 단순한 스케치로 이루어진 간단한 작품일지라도 보는 사람의 마음에 작용해야 하고, 그러기 위해서는 영혼을 지녀야 한다. 하지만 지금껏 오직 필통 그림만을 그려왔던 나는, 그녀의 얼굴에서 받았던 깊은 감동의 인상을 그림으로 나타내기 위해 내 모든 능력과 상상력을 총동원해야만 했다. 나는 붓을 한번 들 때마다 그녀의 얼굴을 바라보았고, 그리고 눈을 감은 후 그 느낌을 종이에 옮겼다. 아마도 그런 방식이 고통받는 내 영혼을 위로하는 환각의 아편으로 작용하는 듯하다. 그렇게 나는 움직임 없는 생명체, 선과 형체의 세계로 도피했다.

어떤 점에서 보면 내가 그리는 대상은 내 화풍과 일치하고 있었다. 오래전부터 사실상 나는 죽음을 그리는 화가였기 때문이다. 그러나 눈동자, 닫혀버린 그녀의 눈동자가 문제였다. 그녀의 눈동자를 다시 한 번만 더 볼 수 없을까? 기억 속에 있는 모습만으로도 과연 충분할 것인가?

다음 날 아침이 될 때까지 내가 몇 번이나 그녀의 얼굴을 그렸는지 기억할 수 없다. 하지만 그 어떤 그림도 내가 기억하는 그녀의 얼굴 인상과 일치하지 않았다. 나는 그린 그림들을 모조리 찢어버렸다. 아무리 반복해도 전혀 피곤하지 않았다. 피곤하기는커녕 시간이 얼마나 지났는지 감지하지도 못할 정도였다.

　동이 트기 시작했다. 희미한 새벽빛이 유리창을 통해 방 안으로 스며들었다. 나는 그때까지 그린 것 중에서 가장 마음에 드는 작품을 막 완성하려는 참이었다. 하지만 그 눈동자, 용서할 수 없는 내 죄를 고발하는 듯한 원망과 비난의 눈동자는 그릴 방도가 없었다. 눈동자 속에 스민 생명의 기운이, 그것에 대한 기억이 머릿속에서 갑자기 사라져버리고 말았다. 아무리 기억을 되살리려고 노력해도 헛수고였다. 그녀의 얼굴을 들여다보고 또 들여다보았지만 그녀의 눈동자가 내뿜던 인상을 더는 기억해낼 수 없었다. 그런데 갑자기, 그녀의 양 볼에 홍조가 돌아온다는 느낌을 받았다. 그것은 신선한 간을 연상시키는 적갈색 톤으로, 도살장에서 막 잡은 고기와 같은 색이었다. 뺨이 살아나고 있었다. 그리고 경악을 불러일으키는 커다란 눈동자, 생명의 빛 전체가 담겨 있었으나 지금은 쇠약해진 희미한 광채만이 어른거리는 그 눈동자, 죄를 질책하는, 그녀의 병든 눈동자가 서서히 열리더니 나를 응시하는 것이었다. 그것은 그녀가 나에게 선사한 최초의 시선이었다. 그녀는 가만히 나를 바라보았다. 그러고는 다시 천천히 눈을 감았다. 아마도 이 모든 과정은 아주 짧은 순간에 이루어졌을 것이다. 하지만 그녀 눈동자의 이미지를 머릿속에 담고, 그것을 붓끝으로 그려내기에는 충분한 시간이었다. 나는 이번에 그린 그림은 찢어버리지 않았다.

의자에서 일어선 나는 그녀에게로 다가갔다. 나는 그녀가 살아 있다고, 다시 정신을 차린 것이라고 생각했다. 내 사랑의 힘이 그녀에게 새로운 생명을 불어넣었다고 착각하고 있었다. 하지만 나는 가까이 다가간 그녀의 몸에서 시체의 냄새를 맡았다. 부패의 징후를 느꼈다. 이미 조그만 구더기들이 그녀의 몸에 꼬물거리기 시작했다. 촛불 빛 속에서 금파리 두 마리가 빙글빙글 날고 있었다. 그녀는 죽었다. 그렇다면 조금 전 어떻게 눈을 뜰 수 있었을까? 나는 알지 못한다. 모든 것은 내 꿈속의 장면이었을까?

나에게 대답을 구해서는 안 된다. 내게 중요한 것은 오직 한 가지, 그녀의 얼굴, 아니 그녀의 눈동자뿐이었으므로. 이제 나는 그 눈동자를 얻었다. 나는 그녀의 영혼을 그림 속에 사로잡아놓았다. 소멸의 저주를 받은 그녀의 유한한 육체, 구더기와 쥐들에게 파 먹힐 운명인 육체는 나에게 아무런 의미가 없었다. 하지만 이제부터 그녀는 내 의지에 복속된 존재였다. 나는 그녀라는 구속으로부터 해방된 것이다. 나는 수입을 보관하는 양철 상자 속에 그림을 아주 조심스럽게 넣고, 상자를 뒷방으로 가져가 숨겨놓았다.

밤은 마치 늦잠에서 일어난 사람처럼, 발끝으로 살금살금 걸어 어느덧 물러가버렸다. 아득히 멀리서 어떤 희미한 소리가 내 감각 속으로 밀려왔다. 아마도 그것은 철새가 꿈꾸는 소리, 혹은 풀들이 자라는 소리였을 것이다. 창백한 별들이 구름의 무리 뒤편으로 사라지고 있었다. 나는 얼굴 위로 아침의 가벼운 숨결을 느꼈다. 먼 곳에서 수탉이 울었다.

이미 부패가 시작되어버린 시체를 어떻게 처리해야 하는가? 처음에는 방 안 어딘가에 묻어버릴 생각이었다. 하지만 이내 마음이 바뀌어서 밖으로 끌어내 우물 속에 던져버리는 편이 더 좋을 것 같았다. 푸른색 메꽃 덩굴이 휘감고 있는 우물 말이다. 그렇지만 엄청난 주의력과 수고가 필요하고, 게다가 숙달된 능력을 갖추지 않았다면 사람들의 눈을 완벽하게 피해 그 일을 해치우기란 불가능할 것이다! 나는 절대로 낯선 사람의 눈길 아래 그녀를 방치하고 싶지 않았다. 그러므로 이 일은 오직 나 혼자, 다른 이의 도움 없이 내 손으로 해치워야만 한다. 오, 비통한 운명이여! 그녀가 죽어버린 지금 내 인생은 앞으로 무슨 의미가 있단 말인가! 하지만 지금 당장 나에게 중요한 문제는 오직 한 가지

뿐이다. 이 세상의 그 어떤 인간도, 나를 제외한 그 어떤 사람도, 그녀의 시체를 보아서는 안 된다는 것이다. 그녀는 자신의 차가운 육신과 그림자를 나에게 맡겼다. 그 어떤 낯선 이도 그녀를 볼 수 없게 하기 위하여.

마침내 나는 결론을 내렸다. 그녀의 시체를 조각조각 잘게 토막 내 낡은 가방에 담고 밖으로 가지고 나가 멀리, 사람들의 시선이 닿지 않는 먼 곳에 묻어버리기로.

일단 결론을 내렸으니 망설일 이유가 없었다. 나는 방 한쪽 움푹하게 파인 벽 선반에 놓여 있던 뼈 손잡이 나이프를 손에 쥐었다. 가장 먼저 그녀의 검은색 엷은 옷을 정성 들여 찢어냈다. 옷은 그녀의 몸에 거미줄처럼 착 달라붙어 휘감겨 있었다(그녀가 걸친 옷은 그것이 유일했다). 그녀는 밤새 조금 더 자라난 것 같았다. 몸이 더 커진 것같이 보였으니까. 그리고 목을 잘라냈다. 반쯤 응고된 차가운 피가 잘린 목에서 방울방울 떨어져 내렸다. 팔과 다리를 잘라낸 다음 몸통과 머리, 팔다리를 가방 안에 나란히 챙겨 넣었다. 마지막으로 그 위에 그녀의 검은색 옷을 펼쳐서 덮었다. 가방을 잠근 후 열쇠를 주머니에 넣었다. 그 모든 과정을 다 끝낸 다음 나는 깊은 안도의 한숨을 내쉬었다. 가방을 들어 무게를 가늠해보았다. 무거웠다. 세상에 태어나 이처럼 무거운 짐을 들어본 적이 없는 것 같았다. 불가능했다. 혼자서는 도저히 옮길 수 없었다.

하늘은 그사이 다시 흐려졌다. 간간이 비가 뿌리기 시작했다. 나는 일단 밖으로 나왔다. 짐을 함께 들어줄 누군가를 찾게 되지 않을까 기대했다. 가까이에 사람의 모습이라곤 하나도 눈에 띄지 않았다. 하지만 조금 떨어진 곳, 안개 속에서 사이프러스 나무 아래 앉아 있는 한 곱사등이 노인의 모습이 눈에 들어왔다. 노인의 얼굴은 넓은 숄로 칭칭 감겨 있어서 알아볼 수 없었다. 나는 천천히 노인을 향해 다가갔다. 그런데 내가 한마디 꺼내기도 전에 노인의 입에서 신경을 건드리는 메마른 웃음소리가 킬킬 터져 나왔다. 내 머리칼이 곤두섰다. 노인이 말했다. "짐꾼이 필요하면 내가 해줄게. 헤! 난 시체 운반용 마차도 있으니까. 매일매일 망자들을 샤압둘아짐*으로 싣고 가 파묻는 게 내 일이야. 나는 관도 만들어. 그것도 머리카락 한 올까지 딱 맞게 말이야. 그러니 내가 해줄게. 뭘 망설이고 있는 거야? 헤!"

그리고 노인은 아주 큰 소리로 웃음을 쏟아냈다. 웃음이 어찌나 격렬한지 노인의 어깨가 사정없이 들썩였다. 나는

---

* 이란의 수도 테헤란 인근의 순례지를 말한다.

손으로 내 집을 가리켰다. 하지만 노인은 이번에도 내가 말할 틈을 주지 않았다.

"그럴 필요 없어" 하고 노인이 말했다. "그 집이라면 내가 잘 알아. 금방 그리로 갈게. 헤!"

그는 일어섰다. 나는 집으로 돌아가 곧장 방으로 들어간 다음, 죽을힘을 다해 가방을 문까지 운반했다. 문 앞에는 다 낡아빠져서 움직일 때마다 덜그럭거리는 시체 운반용 마차가 서 있었다. 형편없이 앙상해 도살장에 가기 일보 직전인 검은 말 두 마리가 끄는 마차였다. 곱사등이 노인은 손에 긴 채찍을 들고 마부석에 앉아 있었다. 그는 나를 돌아보지도 않았다. 나는 끙끙대면서 간신히 가방을 마차에 올렸다. 마차 바닥에는 관을 놓는 자리로 움푹 파인 곳이 있었다. 마차에 올라탄 나는 움푹 파인 관 자리에 들어가 누웠다. 그리고 밖을 볼 수 있도록 가장자리로 고개를 내민 다음 가방을 가슴 위로 끌어당겨 두 손으로 꼭 붙잡았.

채찍이 허공을 갈랐다. 말들이 콧김을 내뿜으며 움직이기 시작했다. 말들의 콧구멍에서 하얀 김이 피어났다. 굴뚝에서 나온 연기가 습기 찬 허공에 흩어지듯 말들의 하얀 콧김이 대기 속으로 스며들며 사라져갔다. 말들은 큰 보폭으로 길을 재촉했다. 법의 이름으로 손가락이 잘리고 뜨거운 기름에 상처를 지진 도둑이 손을 들어 올리듯이, 말들은 그렇게 발굽을 들어 올렸다가 소리 없이 다시 땅에 내려놓았다. 말들의 목에 달린 방울이 빗속에서 쓸쓸한 멜로디를 울렸다.

내 몸은 설명할 수 없는 기묘한 안정감에 감싸여 있었다. 그래서 시체 운반 마차의 덜컹거림도 느껴지지 않았다. 단지 가슴 위에 얹은 가방만이 무겁게 나를 짓눌렀다.

마치 아주 오래전부터 그녀의 시체 무게가 내 가슴을 누르고 있었던 것 같았다. 주변은 짙은 안개가 자욱했다. 마차는 조금도 힘들이지 않고 아주 빠른 속도로 산들과 평원과 강줄기 들을 지나갔다. 내 눈앞으로는 한 번도 보지 못한 풍경들이, 꿈속에서건 현실에서건 전혀 나타난 적 없는 풍경들이 펼쳐졌다. 길 양옆으로는 잘려나간 산 절단면에 기괴하게 뒤틀린 저주의 나무들이 보였다. 나무들 뒤로는 삼각형 모양, 육면체와 원뿔 모양의 집들이 잿빛으로 서 있었다. 낮게 자리 잡은 어두운 창문에는 유리가 없었다. 혼란과 광기에 사로잡힌 인간의 눈동자를 닮은 창문들. 벽들이 내뿜는 이해할 수 없는 냉기가 내 심장을 차갑게 파고들었다. 아마도 그 집들에는 단 한 번도 사람이 살지 않은 것이 확실했다. 아마도 그 집들은 허공을 떠도는 정령의 그림자를 위해 세워진 것이 분명했다.

분명 그 마부는 사람들이 잘 다니지 않는 아주 특별한 길을 선택해 가고 있었다. 곳곳에 잘려나간 나무들의 그루터기가 보였고, 길가에는 계속해서 몸통이 뒤틀린 나무들이 나타났는데, 그 뒤에는 변함없이 이상한 모양의 기하학적 집들이, 원뿔 모양 혹은 원뿔의 일부를 닮은 높고 낮은 집들이 비스듬하게 기울어진 좁다란 창문을 달고 서 있었다. 창문 안쪽에서부터 뻗어 나온 검은 메꽃 덩굴이 담장을 뒤덮으면서 자라나 있었다. 갑자기 이 모든 풍경이 짙은 안개 속으로 사라져버렸다. 검은 비구름이 산봉우리를 가렸다. 사방으로 자욱하게 피어나는 먼지구름처럼, 가늘고 섬세한 빗방울이 대기에 가득 퍼져나갔다. 한참 시간이 흐른 다음 마차는 높은 민둥산 기슭에 멈추어 섰다. 나는 가슴에서 가방을 밀어낸 후 자리에서 일어났다.

산 뒤쪽으로는 쓸쓸한 평지가 있었다. 고요하고 아름다웠다. 예전에는 단 한 번도 본 적이 없는 장소였지만 이상하게도 낯설지 않았다. 내 상상 속 어딘가에 이미 자리 잡고 있었던 장소처럼. 대지는 향기 없는 검푸른색 메꽃으로 가득 덮여 있었다. 그곳은 마치 사람의 발길이 한 번도 닿은 적이 없는 듯한 인상을 주었다. 나는 가방을 땅바닥에 내려놓았다. 노인은 고개를 돌려 내게 말했다.

"이곳은 샤압둘아짐과 가깝지. 네게 이보다 더 적당한 장소는 없을 거야. 여기는 새 한 마리도 날아들지 않으니까. 헤!"

마부에게 돈을 주려고 주머니를 뒤졌다. 하지만 키란 두 개와 압바시* 동전 하나만이 나왔다. 기분 나쁘게 갈라지고 메마른 목소리로 노인이 말했다.

"그냥 놔둬. 돈은 나중에 줘도 되니까. 네가 사는 집이 어딘지도 알고 있고. 그런데 맡길 일은 더 없나? 난 무덤 파는 일에 선수거든. 헤! 부끄러워할 필요는 없어. 자, 그럼 시작해보자고. 바로 저기 강가에, 사이프러스 나무 아래 구덩이를 하나 파줄게. 네 가방과 크기가 꼭 들어맞게 말이야. 그리고 내 갈 길을 갈 거야."

노인은 늙은이라고는 도저히 믿기지 않는 놀라운 민첩함으로 마부석에서 풀쩍 뛰어내렸다. 나는 가방을 들었다. 우리는 함께 말라버린 강가에 서 있는 나무 아래로 갔다. 노인이 말했다. "여기가 바로 딱 적당한 장소야." 그러고는 내 대답은 기다리지도 않고 들고 온 곡괭이와 삽으로 구덩

---

* 둘 다 페르시아의 옛 동전이다.

이를 하나 팠다. 나는 가방을 땅바닥에 내려놓은 채 놀란 눈으로 그것을 지켜보며 서 있었을 뿐이다. 곱사등이 노인은, 아주 능숙하게, 조금도 지치는 기색 없이 재빨리 몸을 놀려 땅을 팠다. 삽으로 흙을 퍼내는 도중에 노인은 뭔가를 발견했다. 에나멜로 칠해진 그릇이었는데, 그는 그것을 더러운 수건으로 둘둘 쌌다. 그러고는 허리를 펴고 말했다.

"자, 이제 구덩이를 다 팠어. 네 가방과 크기가 꼭 들어맞지, 머리카락 한 올까지 말이야. 헤!"

노인에게 돈을 주려고 주머니를 뒤졌다. 하지만 역시 키란 두 개와 압바시 동전 하나밖에 나오지 않았다. 기분 나쁘게 갈라지고 메마른 웃음을 터뜨리면서 노인이 말했다.

"그냥 놔둬. 신경 끄라고. 네가 사는 집이 어딘지도 알고 있고. 헤! 게다가 난 꽃병까지 하나 발견했잖아. 라가이 꽃병이야. 고대 도시 라이* 말이야. 이거면 보상은 충분하니까. 헤!"

그리고 노인은 구부정한 곱사등 몸을 뒤흔들며 웃어댔다. 웃음이 어찌나 격렬한지 어깨가 사정없이 들썩였다.

수건으로 싼 꽃병을 팔 아래에 낀 노인은 시체 운반 마차

---

* Rayy: 라틴어로는 라가이Rhagae, 고대 페르시아어로는 라가Ragha, 라이Ray, Rey, Rai라고도 쓴다. 라이는 현재 이란의 수도인 테헤란의 전신이다.

로 돌아가 믿을 수 없이 민첩한 동작으로 마부석에 훌쩍 올라탔다. 채찍이 허공을 갈랐다. 말들이 콧김을 내뿜으며 움직이기 시작했다. 말들의 목에 매달린 방울이 습기 찬 대기 속에서 쓸쓸한 멜로디를 울렸다. 마차는 짙은 안개 속으로 점차 모습을 감추어버렸다.

혼자 남자마자 나는 그제야 무거운 짐이 가슴에서 떨어져나간 것처럼 안도의 숨을 내쉬었다. 놀라울 정도로 평온한 감정이 나를 머리에서 발끝까지 가득 채웠다. 주변을 둘러보았다. 내가 있는 곳은 구릉과 산으로 둘러싸인 조그만 분지였다. 산등성이 위로는 육중한 벽돌로 만든 오래된 기념비들과 폐허가 서 있었다. 물이 말라버린 강줄기가 가까운 계곡을 관통하고 있었다. 그곳은 고독하고 외졌으며 고요했다. 가슴 깊숙한 곳에서부터 행복의 감정이 솟아올랐다. 그녀의 커다란 눈동자가 속세의 잠에서 깨어나는 날, 그녀는 자신의 눈동자에 걸맞은 그런 장소를 보게 될 것이다. 그녀 자신이 항상 그래왔던 것처럼, 산 자와 죽은 자 모두로부터 멀리 떨어진 장소.

조심스럽게 가방을 들어 올린 후 구덩이 아래에 내려놓았다. 구덩이는 가방과 머리카락 한 올의 오차도 없이 크기가 똑같았다. 마지막으로 나는 한 번 더 가방 안을 들여다보고 싶었다. 사방을 둘러보니 사람의 모습은 흔적도 없었다. 주머니에서 열쇠를 꺼내 가방을 열었다. 검은색 옷자락 한 귀퉁이를 들어 올리자 반쯤 굳어 있는 피와 우글거리는 구더기 떼 사이로 커다란 검은 눈동자 두 개가 나를 무표정하게 바라보고 있었다. 그 눈동자 깊숙한 곳에 내 삶이 가라앉아 있었다. 나는 서둘러 가방을 다시 닫았다. 흙을 퍼서 가방을 파묻은 다음 발로 밟아 흙을 다졌다. 그리고 향기 없는 검푸른색 메꽃 몇 송이를 따서 무덤 위에 심었다. 무덤의 흔적을 지우기 위해 돌과 자갈을 가져다 주변에 흩어놓았다. 여기가 무덤이라는 것을 그 누구도 알아서는 안 된다. 아주 감쪽같이 뒤처리를 한 탓에 나중에는 나 자신조차도 주변과 무덤의 정확한 경계를 알아차리기 힘들 정도였다.

모든 처리를 마친 후 그제야 나는 내 차림새를 살펴보았다. 내 옷은 흙과 얼룩으로 더러웠으며 여기저기 찢겨 있었다. 검붉게 마른 핏자국도 묻어 있었다. 금파리 두 마리가 내 주변을 윙윙대며 날아다녔고 조그만 구더기들이 내 몸에 달라붙어 있었다. 나는 옷에 묻은 핏자국을 닦아내려고 했다. 하지만 소매에 침을 묻혀 옷 위를 세게 문지르면 문지를수록 얼룩은 더욱 커지기만 했고, 핏자국은 더욱 짙어졌을 뿐이다. 얼마 지나지 않아 내 몸은 온통 피로 범벅이 되어버렸으며, 끈적이는 냉기로 피부 속까지 떨려왔다.

서서히 해가 지고 있었다. 가랑비가 내렸다. 나는 마차의 바퀴 자국을 따라 터덜터덜 걸었다. 하지만 날이 완전히 깜깜해지면서 바퀴 자국마저 놓친 나는 아무 생각 없이 짙은 어둠 속에서 무작정 앞으로 걷기만 했다. 이 길이 어디로 향하는지 전혀 알지 못하는 상태로. 어느 한 장소로 향하거나 아니면 영원히 어떤 장소에 도달하지 못하게 되거나, 그건 이미 내 관심 밖의 일이었다.

사방은 완전한 정적이었다. 이 세상에 사람이라곤 아무도 없는 듯 느껴졌다. 나는 생명체 아닌 사물에게서 피난처를 찾았다. 정적은 다른 인간이 이해하지 못하는 언어로 내게 말을 걸었다. 나는 쾌락에 사로잡힐 때처럼 감각이 마비되었다. 처음에는 구역질이 났다. 무릎이 덜덜 떨렸다. 도저히 말로 묘사할 수 없는 지독한 피로가 몰려왔다. 묘지가 나타났다. 나는 길가의 한 묘석 위에 주저앉아 두 손으로 머리를 감싸고, 무엇을 해야 할지 전혀 알 수 없는 혼란에 휩싸였다. 그때 불쾌하고 메마른 웃음소리가 요란하게 울려 퍼졌다. 눈을 들어 주변을 살펴보니 내 곁에 앉아 있는 형상 하나가 보였다. 얼굴을 숄로 둘둘 휘감은 사람의 형상이었다. 팔 아래에는 천으로 싼 물건을 끼고 있었다. 그가 나를 보면서 말했다.

"도시로 돌아가려는 거구나. 그런데 길을 잃은 모양이지? 이 늦은 시간에 내가 공동묘지에서 뭘 하고 있는지 궁금하겠지. 하지만 겁낼 필요는 없어. 내 일은 죽은 자를 상대하는 것이거든. 난 무덤 파는 사람이니까. 일은 할 만해. 헤! 그래서 여기라면 손바닥처럼 훤하게 잘 알지. 오늘만 해도 무덤을 하나 팠는데, 그러다가 우연히도 꽃병을 하나 발견했지 뭐야. 그 꽃병은 라가이 꽃병, 그러니까 고대 도시 라이의 유물이란 말이야. 헤! 너에게는 필요 없는 물건이겠지. 하지만 그래도 네게 선물로 줄게. 기념으로 간직하라고."

나는 주머니를 뒤져 키란 두 개와 압바시 동전 하나를 꺼냈다. 노인이 소름 끼치도록 메마른 웃음을 킬킬 내뱉었다. 그리고 말했다.

"그럴 필요 없어. 그냥 주는 거라니깐. 난 너를 잘 알거든. 네가 사는 집이 어딘지도 알고. 바로 요기 근처잖아. 날 따라와. 내 시체 운반 마차에 널 태우고 집에 데려다줄게. 몇 걸음밖에 떨어져 있지 않으니까. 헤!"

그는 꽃병을 내 무릎에 놓고 자리에서 일어섰다. 너무 격렬하게 웃는 바람에 그의 어깨가 들썩였다. 꽃병을 손에

든 나는 곱사등이 노인의 뒤를 따랐다. 길모퉁이를 돌자 앙상한 검은 말 두 마리가 끄는, 삐걱거리는 시체 운반 마차가 서 있었다. 노인은 믿을 수 없이 민첩한 동작으로 마부석에 훌쩍 올라탔다. 나도 마차에 올라 관을 올려두는 움푹 파인 자리로 들어가 누웠다. 그리고 밖을 볼 수 있게끔 머리를 가장자리에 갖다 댔다. 나는 꽃병을 가슴 위에 얹고 두 손으로 꼭 붙잡았다.

채찍이 허공을 갈랐다. 말들이 콧김을 내뿜으며 움직이기 시작했다. 말들은 큰 보폭으로 길을 재촉했다. 발굽이 소리 없이 흙바닥을 디뎠다. 말들의 목에 매달린 방울이 습기 찬 대기 속에서 쓸쓸한 멜로디를 울렸다. 구름 사이로 나타난 별들이 반쯤 굳은 검은 핏속에 잠긴 채 반짝이는 눈동자가 되어 대지를 비추었다. 놀라울 정도로 평온한 감정이 나를 머리에서 발끝까지 가득 채웠다. 단지 가슴 위에 얹은 꽃병만이, 시체처럼 무겁게 나를 누르고 있었다. 몸통이 뒤틀리며 자란 나무들은 마찬가지로 뒤틀린 가지들을 손처럼 뻗어 서로 악수를 나누는 모양이었다. 마치 나락으로 미끄러져 떨어질까 봐 두려워하는 것처럼. 침침하고 검은 창문이 달린, 가위로 잘라낸 듯한 기하학적 모양의 이상한 집들이 길가에 나란히 서 있었다. 반딧불처럼 희미하게 가물거리는 빛이 집들의 벽에서 뿜어져 나왔다. 길가의 나무들이 길게 열을 지은 채, 마치 서로에게서 달아나려는 것처럼 서 있었다. 메꽃 덩굴이 나무들을 질식시킬 것만 같았다. 오래 지나지 않아 나무는 통째로 쓰러질 것이다. 살 썩는 악취가 내 온몸에서 진동했다. 이미 내 몸에는 시체 냄새가 속속들이 배어 있음이 틀림없었다. 일생 동안 검은 관 속에서 살아온 것처럼, 태어난 이후부터 계속해서 얼굴을 알 수 없는 그 노인이 모는 시체 운반 마차를 타고 안개 속을 돌아다녔던 것처럼. 떠도는 그림자들로 가득한 그런 안개 속을.

시체 운반 마차가 멈추어 섰다. 나는 꽃병을 들고 마차에서 내렸다. 그곳은 바로 집 앞이었다. 서둘러 방으로 들어간 나는 책상 위에 꽃병을 놓고, 내 저금통이기도 한 양철 상자를 숨겨놓은 뒷방에서 꺼내왔다. 그리고 밖으로 나가 노인에게 사례비를 주려고 했다. 하지만 그는 이미 사라지고 없었다. 노인도 마차도 흔적조차 보이지 않았다. 실망한 나는 방으로 돌아와 램프에 불을 붙이고, 꽃병을 싼 수건을 벗긴 후 소매로 꽃병에 달라붙은 흙을 닦아냈다. 그것은 아주 오래된 에나멜 꽃병으로, 투명한 보랏빛이었다. 조각조각 분해된 금파리처럼 밝고 은은하게 반짝거렸다. 꽃병의 가장자리에는 아몬드 모양의 꽃 장식과 검푸른색 메꽃이 그려져 있었다. 그리고 한가운데는……

아몬드 모양의 들판 한가운데에 그녀의 얼굴이 있었다. 커다란, 과도하게 커다란 검은 눈동자의 여인이. 그녀의 눈동자는 나를 원망하고 있었다. 나는 알지 못하는 내 죄, 결코 용서할 수 없는 그 죄를 비난하고 있었다. 신비스러운, 겁에 질린, 경악을 불러일으키는, 위협의 눈동자, 나를 공포에 떨게 하면서 동시에 매혹하는 눈동자. 초자연적인 황홀한 광채를 머금은 눈동자. 앞으로 튀어나온 광대뼈, 넓은 이마, 길게 이어진 가느다란 눈썹, 반쯤 벌어진 도톰한 입술, 그리고 헝클어진 머리칼 한 올이 관자놀이에 살짝 드리워져 있었다.

나는 지난밤에 그렸던 그림을 양철 상자에서 꺼내, 꽃병의 그림과 비교해보았다. 두 그림이 한 치의 오차도 없이 그대로 일치했다. 아마도 꽃병의 그림을 그린 화가의 영혼이 내 안으로 들어와, 초라한 필통 화가에 불과한 내 손을 움직이게 했음이 분명하다.

구분할 수 없게 똑같은 두 개의 그림. 단지 차이라면 내 그림은 종이에 그려진 데 반해, 꽃병은 투명하게 내비치는 에나멜 광택제가 칠해져 있어서 그림에 아주 독특한 효과를 더해준다는 점이다. 참으로 믿을 수 없는 일이었다. 내가 알고 있는 것과 똑같이 커다란, 넋을 잃은 듯한 눈동자, 그리고 똑같이 폐쇄적인, 하지만 동시에 자유로운 얼굴을 오래된 꽃병에서 발견하다니. 그때 내가 얼마나 격렬한 감정에 휩싸였는지 아무도 상상할 수 없을 것이다. 할 수만 있다면 나 자신을 피해 달아나버리고 싶었다. 어떻게 이런 일이 가능하단 말인가? 다시금 내 인생의 쓰디쓴 비참함을 느껴야만 했다. 그녀의 눈동자만으로 이미 충분하지 않았는가? 그런데 이제, 똑같은 그 눈동자로 나를 뚫어지게 지켜보는 얼굴이 두 개로 늘어난 것이다. 견딜 수가 없었다. 저 먼 곳 산기슭, 말라붙은 강가 사이프러스 나무, 그 아래 검푸른색 메꽃으로 덮인 흙 속에 묻힌 눈동자, 반쯤 말라붙은 핏속에 잠겨 구더기와 벌레들의 먹이가 되고 있는 눈동자, 이제 곧 그 동공 속으로 식물이 뿌리를 내리고 시체의 즙을 빨아올리게 될 그 눈동자가, 지금 여기서 놀라운 생명력으로 충만한 채 나를 지켜보고 있었다.

그때처럼 지독하게 내 인생이 저주받았다고 느껴본 적은 없었다. 불행이 나를 따라다니며 결코 놓아주지 않는 것만 같았다. 하지만 또한 어떤 비밀스러운 죄책감과 함께 설명이 불가능한 기쁨의 감정, 독특한 만족감이 내 안에 차올랐던 것도 사실이다. 나는 깨달았다. 아주 오랜 옛날, 나에겐 고통의 동반자가 있었다. 수백 년 전, 아니 수천 년 전 꽃병에 그림을 그렸던 화가야말로 내 고통의 동반자가 아니었을까? 그도 지금의 나와 같은 영혼의 병을 앓고 있었던 것은 아닐까? 그 순간까지 나는 늘 내가 이 세상에서 가장 불행한 인간이라고 생각하면서 살았다. 그런데 이제 새로운 사실을 알게 되었다. 그 산 위, 육중한 벽돌로 지어진 그 집들과 폐허를 떠올렸다. 그곳의 거주자들은 이미 오래전에 모두 먼지로 사라져버렸다. 그들의 육신을 이루던 조직은 지금쯤은 검푸른색 메꽃이 되어 살고 있을 것이다. 그토록 까마득한 어느 시절, 저주받은 불행한 화가가 그곳에 살고 있었다. 어쩌면 그도 지금의 나처럼 필통 화가였을지도 모른다. 그리고 그 화가도 지금의 나처럼, 바로 그 커다란 검은 눈동자의 정염에 사로잡혔고, 그 불길 속에서 완전히 타버리고, 차가운 재로 사라졌으리라. 이러한 확신은 나에게 묘한 위안이 되었다.

나는 내가 그린 그림을 꽃병 곁에 세웠다. 그리고 석탄이 이글이글 타는 화로를 준비하여 그림 앞으로 가져다 놓았다. 그 상태로 아편을 몇 모금 피우면서 몽롱한 정신으로 그림을 응시했다. 생각을 모아볼 작정이었다. 오직 아편의 힘에 의해서만이 안정된 정신으로 생각이 가능하기 때문이다.

기적과 같은 이 물질이 모든 삶의 문제를 연기처럼 사라지게 해주고, 눈앞에 침침하게 드리워진 베일을 걷어버리며, 멀리서 가물거리는, 잿빛의 혼란스러운 기억들까지 전부 씻어내주리란 희망으로, 나는 갖고 있는 아편을 모조리 다 피워버렸다. 내가 되고자 갈망하던 상태가 드디어 도래했다. 그것도 원하던 것보다 더욱 거센 강도로. 내 정신은 서서히 전례 없는 예리함과 신비로운 힘으로 가득 찼다. 나는 잠과 혼수 사이 중간의 상태로 빠져들어갔다.

영혼을 무겁게 짓누르고 있던 커다란 짐이 드디어 사라진 것 같았다. 더 이상 중력의 법칙이 존재하지 않아서, 막강하고 부드러우면서도 한없이 예리해진 내 생각을 따라 내 몸이 자유롭게 훨훨 날아다니는 것을 느꼈다. 언어를 초월하는 커다란 환희로 내 몸은 떨렸다. 나는 그동안 지고 있던 무거운 짐으로부터 해방되었다. 고요하고 평화로운 세상, 몽환적인 형태와 아름다운 색채로 이루어진 세상이 눈앞에 펼쳐졌다. 바로 그 세상과 하나로 녹아든 정신에게 나는 내 온 육신을 고스란히 맡겼다. 더할 나위 없이 부드럽고, 그 어떤 저항도 무게도 없는 파도의 손길이 내 몸을 어루만지며 어디론가 실어갔다. 내 심장이 고동치는 소리, 내 혈관의 맥박 소리가 그대로 들려왔다. 깊고도 무한한 열락이여.

 이 망각의 잠 속으로 완전히 빠져들기를 그동안 얼마나 갈망하고 또 갈망했던가. 아, 잠이여, 네가 영원하기만 하다면. 여기서 눈을 감고, 잠 너머에 있는 온전한 무(無)의 세상, 내 존재마저도 소멸시켜버리는 세상으로 서서히 건너갈 수만 있다면! 내 존재 전체가 잉크 얼룩 한 점, 선율 하나, 영롱한 무지갯빛 속에서 흔적도 없이 사라지고, 이 파도가, 이 형체들이 영원으로 뻗어나가 마침내 서서히 희박해지며 꺼져버리고 사라져버리는 순간, 그 순간에, 바로 그 순간에 나는 그토록 염원하는 그리움의 목적지에 도달하는 것이다.

 나는 점점 더 감각의 마비 상태로 빠져들었다. 그것은 내 육신에서 부드러운 물결이 잔잔하게 파도치며 빠져나가는 듯한, 참으로 쾌적한 나른함이었다. 그리고 나는 내 인생이 거꾸로 거슬러 흘러간다는 느낌을 받았다. 아주 오래 전 과거의 일들이 하나씩 차례로 나타났다가 사라졌다. 이미 잊어버린, 뇌리에서 완전히 사라졌던 어린 시절의 기억들이. 과거의 일들이 단지 눈앞에 나타나기만 하는 것이 아니라, 나는 실제로 그 시간을, 그 일들을 살고 있었고, 느끼고 있었고, 감각으로 체험하고 있었다. 매 순간 나는 점점 더 나이가 줄어들었고, 점점 더 어린아이로 되돌아갔다. 그런데 갑자기 내 생각의 바닥이 뒤흔들리면서 사위가 완전한 암흑으로 뒤덮였다. 깜깜하고 깊은 우물 바로 위에서, 내 존재 전체가 가느다란 고리 하나에 간신히 의지하여 매달려 있다는 생각이 들었다. 그러다 갑자기 나는 고리에서 떨어져 나오며, 아래로 아래로, 그 어떤 저항도 하지 못한 채 끝없이 깊은 곳으로 떨어졌다. 현기증 나는 추락의 느낌. 영원히 계속되는 밤의 아득한 심연 속으로! 어느 순간 다시 눈앞에 희미한 형체들이 불분명하게 어른거렸다. 아주 짧은 찰나, 나는 망각의 세계를 그대로 관통한 것이다. 정신을 차리고 보니 나는 내 작은 방에 있었다. 내 기분은 형언할 수 없이 기묘하면서 동시에 지극히 자연스러웠다.

내가 다시 깨어난 세계, 그 공기와 분위기는 내게 매우 친숙했으므로 나는 내가 살던 원래의 장소로 귀환한 것이라 생각했다. 내가 잘 알고 있는, 가깝고도 익숙한 낡은 세계에서 다시 태어난 것이라고.

이미 날은 희미하게 밝아오고 있었다. 벽 선반에서는 기름 램프가 타올랐다. 방구석에는 침대가 하나 있었다. 나는 정신이 들었고 온몸이 열로 뜨거웠다. 내 외투와 숄은 핏자국으로 더러웠다. 양손도 피로 범벅이었다. 열과 현기증에도 불구하고 나를 괴롭히는 것은 어떤 불안감이었다. 그것은 핏자국을 씻어내야 한다는 다급함이나 경찰이 들이닥쳐 나를 체포해갈지도 모른다는 공포심보다 더욱 강했다. 어차피 이미 오래전부터 나는 언젠가는 경찰의 손에 체포될 것을 잘 알고 있었기 때문이다. 하지만 잡혀가기 전에 선반에 있는 독이 든 포도주를 한 잔 죽 들이켜기로 결심했다. 지금 내가 간절하게 원하는 것은 오직 글을 쓰는 일, 써야 한다는 의무뿐이다. 그럼으로써 나를 괴롭히는 악령을 몰아내고, 고통받는 내 심장의 이야기를 종이에 옮겨놓고 싶었다. 약간의 망설임 끝에 나는 기름 램프를 가까이 끌어당긴 후 글을 쓰기 시작했다.

나는 항상 인간이 만들어낸 것 중의 최고의 가치는 침묵이라고 생각해왔다. 인간은, 어느 한적한 해변에 홀로 앉아 날개를 펼치는 부티마르*의 흉내를 내는 것보다 더 가치 있는 행동을 하기란 불가능하니까. 하지만 이 상황에서는 나도 어쩔 수가 없다. 일어나지 말았어야 할 일이 일어나버린 다음이 아닌가. 바로 다음 순간에, 아니면 한 시간 뒤에라도 술 취한 경찰관들이 이곳에 밀고 들어와 나를 잡아가버

---

* 바닷물을 마시고 살던 새로. 어느 날 바닷물이 말라버릴지도 모른다는 걱정을 하여 물만 쳐다보다가 갈증으로 죽었다고 전한다.

릴 수도 있다. 굳이 위기를 모면해보려고 발버둥 치고 싶지는 않다. 게다가 설사 핏자국을 다 지워버린다 해도 내가 한 일을 완전히 부인하기도 불가능하다. 그렇지만 나는, 세상의 올가미에 걸려들기 전에 선반 위에 올려두었던 포도주 한 잔을 죽 들이켜기를 원한다.

내 인생 전체를 포도처럼 짜서 그 즙을, 아니 그 포도주를, 성수와도 같은 그것을 한 방울 한 방울, 내 그림자의 메마른 목구멍 안으로 떨어뜨리고 싶다. 이 삶에서 떨어져 나가기 전에 나는 그동안 마치 나병처럼, 마치 종양처럼, 조금씩 내 영혼을 파먹어 들어가던 고통을 종이에 옮겨놓고 싶다. 그것만이 어느 정도 생각을 가다듬을 수 있는 방법이니까. 그렇다면 지금 내가 쓰는 것이 유언장이란 말인가? 그건 절대 아니다! 나는 판사가 차지해버릴 만한 재산이라곤 아무것도 없고, 악마가 집어 가버릴 만한 믿음도 없다. 그것을 제외한다면 나의 무엇이 이 세상에서 가치가 있겠는가? 나는 사람들이 생명이라고 부르는 것을 이미 사실상 오래전부터 갖고 있지 않다. 나는 생명을 소진해버렸다. 그것을 내 손에서 떠나보냈고, 그러기를 원했다. 내가 죽은 뒤에 무슨 일이 일어날지, 그 따위가 도대체 무슨 상관이란 말인가! 이 종이 쪼가리의 글을 누군가 읽게 되거나, 아니면 영원히 먼지를 뒤집어쓰고 묻혀버리고 말거나, 그건 내가 알 바 아니다. 단지 글을 써야만 한다는 다급하고도 무조건적인 충동이 나를 움직일 뿐이다. 이건 선택의 문제가 아니다. 내 상상 속에 존재하는 나의 분신인 그림자에게 내 생각을 전달해야 한다는 압박감은 시간이 갈수록 커지기만 한다. 불운하고도 불운한 그 존재, 램프 불빛을 받으며 벽 속에서 허리를 구부정하게 구부리고는 내가 쓰는 글자를 하나도 남김없이 읽어버리고, 마침내는 집어삼키고 있는 그림자. 아마도 그림자는 모든 내막을 나 자신보다도 더욱 명확하게 이해하고 있으리라. 오직 그를 향해서만, 나는 내 이야기를 털어놓으려고 한다. 오직 그만이 나를 이야기하도록 만드는 존재이다. 오직 그만이 내 생각의 뒤를 따라올 수 있으며, 오직 그만이 나를 이해할 수 있다…… 내 인생의 즙을, 아니 내 인생의 쓰디쓴 포도주를 한 방울 한 방울 그의 메마른 목구멍 안으로 흘려 넣을 것이다. 그리고 그에게 말할 것이다. "이것이 바로 내 삶이다!"라고.

어제 나를 보았던 사람들은, 다 죽어가는 허약하고 병든 젊은이를 본 것이다. 하지만 오늘 사람들은, 늙어빠진 곱사등이 노인을 보게 될 것이다. 머리는 허옇게 세었고, 충혈된 눈꺼풀은 축 처졌으며, 언청이 입술의 노인. 나는 창밖을 내다보기가 두렵다. 혹은 거울에 내 모습을 비쳐보기가 두렵다. 어디를 보더라도 거기에는 내 그림자들이 우글거리기 때문이다. 그럼에도 불구하고 나는 이야기를 해야 한다. 구부정하게 앉아 있는 벽 속의 그림자에게 내 이야기를 반드시 들려주어야만 하는 상황이다. 그러자면 우선 어느 한 가지 이야기부터 앞세울 필요가 있다. 아, 하지만 이야기라면 셀 수도 없이 많지 않은가. 어린 시절의 이야기, 사랑에 빠진 이야기, 여자와 동침한 이야기, 결혼식 이야기, 그리고 죽음에 관한 이야기. 그런데 그중의 어떤 이야기도 진실이 아니다. 인생을 구성하는 동화들이 나를 피곤하게 만든다. 듣기 좋게 꾸며진 허구의 우화들.

그래도 나는 포도의 즙을 짜내기 위해 노력할 것이다. 그중에서 단 한 방울이라도 진실이 섞여 있을지 어떨지, 나는 알 수 없다.

지금 내가 어디에 있는지, 그것조차도 나는 모른다. 내 머리 위 저 하늘 조각이, 내가 앉아 있는 손바닥만 한 공간이 네이샤부르인지, 발흐*인지, 혹은 바라나시인지 알지 못한다. 그게 어디든 간에 어차피 나는 더 이상 아무것도 믿

---

* 네이샤부르와 발흐는 이란의 유서 깊은 도시 이름이다. 이중 발흐는 이란 문명의 요람이었으나 현재는 아프가니스탄에 속한다.

지 않는다.

　일생 동안 나는 수많은 상반되는 일을 보아왔고, 갖가지 다양한 말을 들어왔다. 내 눈길은 이렇게 보고 들은 것들로 다 닳아버렸고, 엷고 질긴 망막 뒤에 숨어 있는 내 영혼도 마찬가지다. 나는 이제 더 이상 아무것도 믿지 않는다. 사물의 존재나 존속조차도 믿지 않는다. 심지어는 현재 눈앞에 펼쳐지고 있는 현실의 실체 또한 믿지 않는다. 밖으로 나가 뜰에 서 있는 돌절구를 손가락으로 두들기며 이렇게 묻는다. "넌 정말로 단단하고 분명한 존재냐?" 하지만 그가 긍정적인 대답으로 나를 설득하리라고는 믿지 않는다.

　그렇다면 나는, 그 어떤 조건에도 구속되지 않은 특별하고도 독립적인 존재일까? 나는 알지 못한다. 방금 전 나는 거울을 들여다보았다. 그리고 그 안에 있는 나 자신을 알아보지 못했다. 한때 나였던 존재는 죽었다. 그것은 이미 부패가 진행 중인 몸에 불과하다. 그럼에도 불구하고 그 몸과 나 사이에는 아무런 장애도 장벽도 가로놓여 있지 않다. 내 이야기를 해야겠다. 그런데 어디서부터 시작해야 할지 알 수 없다. 인생 전체는 한 편의 꾸며낸 동화였다. 나는 생이라는 포도를 짜내서, 그 즙을 한 숟가락 한 숟가락씩 떠서, 내 늙은 그림자의 메마른 목구멍 안으로 흘려 넣어야 한다.

어디서부터 시작하면 좋을까? 이 순간 내 머릿속에서 들끓고 있는 이야기들은 모두 지금 현재에만 속한 것들이다. 그 이야기는 시간의 흐름과는 아무 관련이 없다. 시간도 역사도 없는, 오직 현재형으로만 설명되는 이야기들. 그러므로 어제 일어난 일이 천년 전에 일어난 일보다 훨씬 더 멀고 아득해지는 것도 충분히 가능하다.

아마도 이 세상의 모든 인간과 인연의 끈이 끊어져버렸기 때문일 것이다. 오래전 기억이 눈앞에 생생하게 떠오른다. 과거, 미래, 시간, 하루, 한 달, 한 해, 모든 것이 내게는 구별할 수 없이 같을 뿐이다. 인생의 여러 단계, 어린 시절과 노년의 구분은 헛된 말장난이다. 그런 구분과 개념은 평범하고 하찮은 인간들에게나 중요한 것이다. 천한 인간일수록 생을 마치 계절처럼 단계별로 나누며, 확연한 구분 아래 경계 짓기를 좋아한다. 그리고 그 안에서 각 단계에 걸맞은 삶을 꾸려나간다. 하지만 내 일생은 오직 하나의 계절밖에 없다. 오직 하나의 기후뿐이다. 끝없는 암흑의 천지 한가운데, 냉기가 뼈를 파고드는 얼어붙은 땅이 그것이다. 하지만 내 마음에는 꺼지지 않는 불꽃이 활활 타오른다. 나는 양초처럼 스스로의 불길 안에서 타 녹아버린다.

내 방의 사방 벽, 내 삶과 생각을 가두는 울타리 안에서 내 인생은 서서히 왁스처럼 줄어든다. 아니, 그게 아니다. 내 인생은 화롯불 곁에 던져진 축축하게 젖은 나무토막에 가깝다. 다른 나무들이 타는 바람에 나 또한 검게 그을리지만, 타버리는 법은 없이 늘 축축하게 남아 있는 것이다. 단지 연기 때문에, 단지 타인들의 호흡 때문에 질식해서 죽어 갈 뿐이다.

내 방은 다른 방들처럼 수천 년 된 고대의 폐허 위에 진흙과 벽돌로 지어 올린 것이다. 새하얗게 칠한 벽에는 마치 묘지의 담벼락처럼 글자들이 적혀 있다. 이 방 안에서 일어나는 극히 작은 사건, 아주 사소한 일에도 나는 몇 시간이고 집중하며 주의를 기울인다. 예를 들자면 방구석에 새로 생긴 거미줄 같은 것. 내가 병상에 누워 지내게 된 이후로 아무도 내 일상에 신경 쓰지 않기 때문이다. 벽에 박힌 쇠못에는 내 해먹과 아내의 해먹이 걸려 있다. 아마도 시간이 지나면 아이들의 무게도 해먹에 함께 실리겠지. 못 바로 아래에는 널빤지 하나가 벽에서 튀어나와 있다. 벽에서는 오래전에 이 방에 살았던 갖가지 사물과 인간들의 냄새가 풍겨 나온다. 아무리 바람이 불어도, 아무리 환기를 시켜도, 이 지독하게 질긴 진한 악취는 사라지지 않는다. 육신이 내뿜는 땀, 질병, 고약한 숨결, 끈적거리는 발바닥, 오줌, 부패한 기름, 시커멓게 썩은 지푸라기 매트리스, 타버린 달걀 프라이, 구운 양파, 달인 약초, 치즈, 그리고 아이들의 대변 냄새가, 막 사춘기에 접어든 사내아이들의 방 냄새에 섞여 있다. 온갖 분비물 냄새, 시체 냄새, 그리고 죽어가는 자의 침상 냄새. 이 모든 냄새는 아직도 펄펄 살아서 저마다 특유의 향취를 발산하며 후각을 자극한다. 이 냄새들이 어디서 왔는지는 아무도 모르지만, 효력만은 확실하고 강력하다.

내 방에는 창문이 두 개 있고 방 뒤편에는 어두침침한 창고가 딸려 있다. 창문 두 개는 외부로, 천한 자들의 세상으로 향해 있다. 창문 한 개는 마당으로 나 있고 다른 한 개는 거리로 나 있다. 이 창문들은 나를 도시 라이—사람들이 "세상의 신부"라는 명칭으로 불렀던 도시—와 연결해주는 통로이다. 이 도시에는 수천 개의 골목과 소로가 뒤엉켜 있으며, 뒤틀리고 푹 꺼진 집들, 학교, 카라반 숙소들이 밀집해 있다. 세상보다 더 크다고 사람들이 말하는 이 도시가 내 방과 벽 하나를 사이에 둔 채 호흡하고 있는 것이다. 이 조그맣고 구석진 공간에서 내가 눈을 감으면, 이 도시의 그림자들이 서로 뒤엉켜 있는 모습, 내가 예전에 보았던 도시의 모든 풍경, 궁전과 모스크, 공원들이 떠오른다.

창문 두 개는 나를 외부 세계와, 천민들의 세상과 연결해주는 통로이다. 하지만 내 방에는 거울이 하나 걸려 있어 그 속에서 나 자신의 얼굴을 지켜보는 것이 가능하다. 이토록 고립된 내 삶에서 거울은 천민들의 세상을 전부 합한 것보다 더욱 크고 중요한 의미를 지닌다. 바깥의 세상은 나와는 절대적으로 무관하기 때문이다.

 이 도시에서 볼 만한 구경거리라고 한다면 그것은 두말할 것도 없이 조그만 규모의 정육점뿐인데, 내 방 창 바로 맞은편에 있다. 정육점에서는 매일 두 마리분의 양고기를 판매한다. 매번 창밖을 내다볼 때마다 나는 거기서 정육업자의 모습을 발견한다. 매일 이른 아침 상점 앞으로 비참하게 말라빠진 검은 말 두 마리가 끌려온다. 결핵이라도 걸린 듯이 비실거리는 말이 고통스러운 기침을 컹컹 내뱉으면서 다 닳아빠진 고삐에 묶여 걷는 모양새를 보면, 마치 어떤 야만적인 법률이 그들의 발가락을 잘라내고 상처를 뜨거운 기름에 담가버린 것만 같다. 말 두 마리는 각자의 등에 도살된 양을 싣고 있다.

 정육업자는 기름기 번들거리는 손으로 헤나 염색을 한 자신의 턱수염을 쓰다듬는다. 그는 우선 노련한 구매자의 눈으로 양을 점검한 뒤 그중 두 마리를 골라낸다. 꼬리에

붙은 지방의 무게를 손으로 가늠한 다음, 양을 가게 안의 갈고리에 건다. 말들은 콧김을 내뿜으면서 그 자리를 떠난다. 정육업자는 기도가 절단된 채 피를 흘리는 양의 몸통을 자세히 관찰한다. 피범벅이 된 눈꺼풀과 퉁퉁 부풀어 오른, 푸르스름한 두개골에서 앞으로 불쑥 돌출되어 빠져나온 눈동자를 관찰한다. 그다음 뼈 손잡이가 달린 칼을 잡고 고기를 신중하게 조각조각 잘라내어, 미소 띤 얼굴로 그것을 손님들에게 판다. 그는 이 일을 아주 즐거운 마음으로 해치운다. 나는 그가 크나큰 희열마저 느낄 거라고 확신한다. 심지어는 우리 동네를 배회하는 그 누런 개, 항상 구부정한 목과 순결한 눈빛을 하고서 정육업자의 손을 간절한 그리움으로 올려다보는 개도 알고 있을 정도다. 정육업자가 얼마나 큰 기쁨에 떨면서 자신의 직업을 수행하는지.

정육점에서 그리 멀지 않은 곳, 둥그런 아치형 담장 아래에 이상한 늙은이가 한 명 앉아 있다. 그 앞에는 깔개가 펼쳐져 있고, 깔개 위에는 낫 하나, 말편자 두 개, 쥐덫 하나, 녹슨 집게 하나, 잉크를 넣는 조그만 스푼 하나, 살이 부러진 빗 하나, 삽 하나, 그리고 더러운 수건으로 감싼 에나멜 꽃병이 하나 있다.

최근 몇 달 동안, 나는 하루 온종일 그 늙은이를 관찰했다. 그는 항상 같은 자리에 같은 자세로 앉아 있으며, 그의 모습은 날마다 전혀 변함이 없이 똑같다. 그는 목에 더러운 숄을 둘렀고, 어깨에는 낙타털 외투를 걸쳤다. 열린 셔츠 칼라 사이로 비어져 나온 허연 가슴털이 보인다. 눈꺼풀에는 염증이 나 있다. 지독하고 끈질긴 피부병이 눈꺼풀을 파먹어가는 중이다. 팔에는 부적을 차고 있다. 금요일 초저녁이 되면 그는 치열이 불규칙한 누런 이빨 사이로『코란』구절을 암송한다. 아마도 그 일로 생계를 유지하는 것 같았다. 아직 단 한 번도 누군가 그의 물건을 사가는 것을 본 적이 없으니. 나는 그동안 수없이 많았던 악몽의 밤에 꿈속에서 그 늙은이의 얼굴을 만난 것 같은 느낌이 든다.

도대체 저 늙은이는 무슨 생각을 하고 있을까? 엷은 누런색 터번으로 감춘 흉측하고 보기 싫은 민머리, 좁아터진 이마의 뒤편에서는 무슨 사악하고 아둔한 생각이 잡초처럼 집요하게 싹트고 있을까? 추측하건대 늙은이가 깔개 위에 늘어놓은 잡동사니는 그의 삶과 밀접한 연관이 있음이 틀림없다. 그동안 나는 몇 번이고 그에게 말을 걸어보려고, 그의 물건을 사보려고 생각했으나 실행에 옮길 용기가 없었다.

내 유모의 설명에 따르면, 그는 젊은 시절에 도공이었다고 한다. 그는 일생 동안 수많은 도자기를 만들었지만, 아직까지 지니고 있는 것은 꽃병 하나뿐이라고 한다. 그리고 지금은 중고 물건을 팔면서 살아간다는 것이다.

그것이 내가 외부 세계와 맺고 있는 유일한 끈이었다. 그 이외에 나는 온종일 집 안에서만 살고 있다. 나에게 여자는 내 유모, 그리고 창녀 한 명이 전부이다. 내 유모인 난듄은 그 창녀의 유모이기도 하다. 내 아내와 나는 가까운 친척관계일 뿐만 아니라, 사실상 젖남매인 셈이다. 난듄은 우리 둘을 모두 자신의 젖으로 키웠으므로. 나는 내 친부모를 한 번도 본 일이 없다. 나를 길러준 것은 내 아내의 어머니인 키가 크고 위엄 넘치는 회색 머리의 여인이었다. 나는 그녀를 친어머니처럼 사랑했다. 바로 그 애정이 나로 하여금 그 딸과 결혼까지 하도록 만든 것이다.

내 친부모에 대해서는 여러 가지 경로로 제각각 다른 이야기들을 들어왔다. 그중의 하나는 난듄이 내게 들려준 것이다. 나는 난듄의 이야기가 그중 가장 진실에 가까우리라고 생각한다. 난듄의 말에 따르면 내 아버지와 삼촌은 쌍둥이 형제였다. 둘은 얼굴이 똑같았고, 체형도 똑같았고, 성격까지도 똑같았다. 심지어 목소리까지도 거의 흡사하여 둘을 구별하는 것이 불가능할 정도였다고 한다. 둘 사이에는 영혼의 교감이 흐르고 있어서, 한 명이 아프면 다른 한 명도 따라서 아플 만큼 내면이 일치하는 사이였다. 그들은 반으로 자른 사과였다. 둘은 자라서 상인의 길을 걷게 되었다. 스무 살이 되었을 때 그들은 함께 인도로 갔고 그곳에서 꽃무늬가 들어간 광택 있는 섬유, 목면 수건, 외투, 숄, 바늘, 도자기, 두발용 점토 비누, 그리고 필통 등 라이의 특산품을 팔았다. 내 아버지는 바라나시에 머물렀고, 인도의 여러 도시를 돌아다니며 거래를 하는 일은 삼촌의 몫이었다. 인도에서의 체류가 얼마 지나지 않아 아버지는 한 젊은 여인을 깊이 사랑하게 되었다. 부감 다시라고 하는 그 여인은 링감 사원의 무희였다. 사원에 소속된 그녀의 일은 거대한 링감 조각상 앞에서 의식의 춤을 추는 것이었다. 그녀는 올리브색 피부의, 뜨거운 피가 흐르는 여자였다. 가슴은 레몬 모양이었고 커다란 눈은 비스듬히 찢어졌다. 길게 이어진 가느다란 두 눈썹 사이 한가운데에 붉은 미인 점을 찍었다.

내 친어머니인 부감 다시가 어떤 여인이었는지 나는 머릿속에서 상상해볼 수 있다. 금 자수가 수놓아진 화려한 색채의 비단 사리를 입은 그녀가 가슴을 드러내고 있다. 목덜미에서 땋아 내린 숱 많은 풍성한 머리칼은 영원한 밤처럼 어두운 검은색이다. 그녀가 춤추는 모습도 상상해볼 수 있다. 비스듬하게 찢어진, 몽롱하게 도취된 커다란 투르크멘 눈동자와 반짝이는 치아, 시타르* 가락에 맞추어, 탬버린과 류트, 침벨,** 나팔 소리에 맞추어 움직이는 부드럽고 리드미컬한 율동. 발가벗은 남자들이 머리에 터번만 두른 채 단순하면서도 모노톤인 멜로디를 연주한다. 모든 마법의 비밀과 모든 미신적 믿음, 모든 인도인의 갈망과 열정, 고통이 스며 있는 멜로디. 음률 속으로 녹아드는 육체, 관능적이면서 동시에 신을 향한 성스러운 몸짓 속에서 부감 다시는 장미꽃처럼 화려하게 활짝 피었고, 어깨와 팔을 부르르 떨면서 몸을 숙였다가 다시 일으켜 세운다. 몸짓 하나하나에 저마다의 의미가 숨어 있으며, 각각의 동작으로 소리 없이 말을 걸어오는 이 율동이 내 아버지에게 어떤 인상을 주었을까? 그리고 이러한 도취와 황홀의 장면에 시큼하게 톡 쏘는 후추 향기와 같은 그녀의 땀 냄새가 더해진다면, 재스민과 백단향의 향기가 섞인다면, 그 효과는 어떠할 것인가?

---

* 북인도의 발현 악기로 페르시아의 악기인 세타르setâr가 14세기경 인도에서 개량된 것이다.
** Zymbel: 현대 심벌즈의 고대 형태로 금속 두 개를 부딪쳐서 공명시키는 악기이다.

먼 곳에서 자라는 향기로운 나무 냄새, 은밀하고도 숨 막히는 욕정을 일깨우는 향기, 아이들 방에 보관하는 인도 약제 냄새, 고대의 풍습과 사라져버린 전통을 연상시키는 신비한 향유 냄새. 그 당시 내 아버지의 감각을 뒤흔들었던 이런 냄새들은 아마도 내가 마시는 약초 달인 탕약 냄새와 비슷할 거라고 나는 추측한다. 이 냄새들이 내 아버지의 내부에 있는, 이미 죽어버린 멀고도 아득한 기억들을 되살렸으므로 아버지는 부감 다시에게 미친 듯이 빨려들어갔고, 그래서 자신도 링감 사원의 신도로 개종까지 하게 되었다. 그러나 얼마 후 부감 다시는 임신을 했고, 그래서 사원에서 쫓겨났다.

그리하여 나는, 삼촌이 바라나시로 막 돌아왔을 무렵 세상에 태어났다. 삼촌은 사랑에 관해서도 내 아버지와 완전히 일치하는 취향이었음이 틀림없다. 그 또한 내 어머니를 향한 사랑에 빠져버렸던 것이다. 심장을 온전히 다 바치는 정도가 아니라, 100개의 심장을 송두리째 바치는 정열적인 사랑이었다. 마침내 삼촌은 어머니를 유혹하는 데 성공했는데, 그건 아마도 삼촌의 외모가 아버지와 같았을 뿐 아니라 내면까지도 흡사했기 때문에 가능했을 것이다. 그런데 이들의 행각이 탄로가 났다. 어머니는 만약 두 남자가 코브라의 심판을 받지 않는다면 자신은 두 남자를 모두 떠나버리겠다고 결심했다. 그리고 그들이 코브라의 심판을 받을 경우, 그 시험을 통과한 사람을 선택하겠다고 말했다.

'코브라의 심판'이란 이런 것이었다. 내 아버지와 삼촌이 코브라 한 마리와 함께 칠흑처럼 어두운 방에 갇힌다. 방 안은 완전히 깜깜하여 마치 고문실과도 같다. 코브라에게 물린 사람은 당연히 비명을 지르게 된다. 그러면 코브라 마법사가 방문을 열고, 물리지 않은 사람을 구출해내는 것이다. 그렇게 살아남은 남자를 부감 다시는 남편으로 맞이할 것이다.

고문실 안으로 들어가기 전, 내 아버지는 부감 다시에게 자신을 위해서 한 번만 더 성스러운 사원의 춤을 보여달라고 청했다. 이를 수락한 부감 다시는 코브라 마법사가 부는 피리 소리에 맞춰 아버지 앞에서 춤을 추었다. 펄럭이는 횃불 아래서 그녀는 의미심장한 동작으로 리드미컬하게 춤을 추었고, 마치 코브라처럼 유려하게 몸을 움직였다.

그런 다음 아버지와 삼촌은 코브라가 있는 깜깜한 방에 갇혔다. 그런데 안에서는 살려달라는 공포의 외침 대신에 비통한 탄식이 흘러나왔고, 곧이어 날카로운 웃음소리가 터졌다. 그리고 미친 듯한 광기의 비명이 커다랗게 들렸다.

문이 열렸고, 내 삼촌이 밖으로 나왔다. 그런데 삼촌의 얼굴은 잠깐 사이에 엄청나게 나이가 들어버렸고, 피부는 주름으로 가득했으며, 그의 머리칼은…… 아무것도 보이지 않는 어둠 속에서 쉭쉭거리며 다가오는 코브라가 불러일으킨 공포심, 빤히 쳐다보는 코브라의 동그랗고 반짝거리는 눈동자, 코브라의 무서운 독 이빨, 코브라의 몸체와 기다란 목, 숟가락처럼 부풀린 목덜미와 조그만 머리, 이 모든 것이 불러일으킨 공포심이 어찌나 큰지 방에서 나오는 내 삼촌의 머리칼은 완전히 하얗게 백발이 되어 있었다. 부감 다시는 약속을 지켰고, 그날 이후 삼촌의 아내로 살게 되었다. 그런데 정작 무서운 사실은, 그날 시험에 통과하여 방에서 나온 사람이 정말로 누구인지, 아버지인지 아니면 삼촌인지, 확실히 아는 사람이 아무도 없었다는 것이다. 너무도 지독한 공포 때문에 살아나온 사람은 정신이 온전치 못했고, 그는 지금까지 자신의 삶 전부를 망각하고 말았던 것이다. 그는 심지어 나조차도 알아보지 못했다. 그래서 사람들은 그가 내 삼촌일 거라고 간주해버렸다. 이 이야기에는 내 인생에 결정적인 어떤 요소가 들어 있는 것은 아닐까? 소름 끼치게 울리던 웃음소리의 메아리가, 그 공포스러운 시험의 흔적이 내 안 어딘가에 고스란히 남아 있는 것은 아닐까? 그것이 내 삶에 어떤 영향을 미치고 있는 것은 아닐까?

    그날 이후 나는 단지 밥이나 축내는 인간에 불과했다. 집 안에서 이질적으로 떠도는 낯선 객식구에 불과했다. 내 삼촌은, 혹은 내 아버지는 사업 문제를 해결하기 위해 부감 다시와 나를 데리고 라이로 돌아왔다. 그리고 나를 자신의 누이, 즉 내 고모에게 맡겼다.

    유모가 들려준 바를 보면, 내 어머니는 고모와 작별을 할 때, 나에게 주는 거라면서 인도 코브라의 독이 든 포도주를 한 병 건넸다고 한다. 부감 다시가 자신의 아들에게 남기기에 그보다 더 좋은 기념품이 어디 있을까? 그 포도주는 영원한 안식을 약속해주는 죽음의 묘약이었다. 그녀가 자신의 생을 포도송이처럼 으깨서 그 안에 담아 나에게 선물했을 가능성도 배제할 수 없다. 그것은 내 아버지를 죽게 한 독약이니 말이다. 이제야 나는 그 선물이 얼마나 귀한 것인지를 깨닫는다.

    내 어머니는 아직도 살아 있을까. 아마도 그녀는, 내가 지금 이 글을 쓰고 있는 순간에도 인도의 어딘가에서 살고 있을지도 모른다. 어느 먼 외딴 도시, 활활 타오르는 횃불 아래서 춤을 추면서, 마치 코브라에게 물리는 사람처럼 몸을 비틀고 있을지도 모른다. 여자들, 아이들, 그리고 벌거

벗은 남자들이 호기심에 찬 눈빛으로 그녀를 둘러싸고 있으며, 내 아버지, 혹은 내 삼촌은 허연 백발을 한 채 한구석에 쭈그리고 앉아 춤추는 그녀를 지켜보고 있을 것이다. 어쩌면 그 순간에도 그는 고문실의 암흑을, 쉭쉭거리며 다가오는 성난 코브라를 생각하고 있으리라. 치켜든 코브라의 머리를, 광채가 어른거리는 코브라의 눈동자를, 숟가락처럼 활짝 펼쳐진 코브라의 목덜미를, 그 뒤에서 어두운 회색빛으로 진하게 드러나는 둥그런 죽음의 신호를 생각하고 있으리라.

사정이 어찌하든 간에, 유모인 난듄의 팔에 건네질 당시 나는 아직 젖먹이 어린아이였다. 난듄은 내 사촌이자 아내인 창녀에게 젖을 먹인 유모이기도 했다. 나를 키운 것은 회색 머리칼이 이마를 뒤덮고 있는 늠름한 여인인 내 고모였다. 고모의 딸인 창녀와 나는 한 집에서 자랐다.

어린 시절 이후로 나는 항상 고모를 내 어머니로 생각하고 살았다. 나는 그녀를 사랑했다. 그 사랑이 너무도 컸기 때문에 나는 나중에 자라서 그녀의 딸, 내 젖누이와 결혼까지 한 것이다. 그 딸이 그녀와 닮았기 때문이다.

더 정확히 말하자면 나는 그 딸과 결혼할 수밖에 없는 상황이었다. 오직 단 한 번, 소녀는 나에게 몸을 허락했다.

나는 그 일을 영영 잊지 못하리라. 그것은 바로 소녀의 어머니인 고모가 죽어 있는 침대 앞에서의 일이었다. 밤이 깊었다. 집 안 사람들은 모두 잠이 들었다. 나는 잠옷 차림으로 일어나서 죽은 자의 방으로 갔다. 마지막으로 고모와 작별을 고하고 싶었기 때문이다. 고모의 머리맡에는 장뇌 양초 두 개가 타고 있었다. 배 위에는 악귀를 물리치기 위한 『코란』한 권이 펼쳐져 있었다. 나는 베일을 들추고 고모의 놀랍도록 인상 깊은 얼굴을 들여다보았다. 이 세상의 모든 애정을 그대로 담고 있는 듯한 얼굴이었다. 고모의 얼굴에서 크나큰 감동을 받은 나는 그 자리에 무릎을 꿇고 앉았다. 갑자기 죽음이란 것이 지극히 자연스럽고 당연한 사건으로 다가왔다. 고모의 입가에는 조롱기 어린 미소가 살짝 굳어 있었다. 나는 고모의 손에 입을 맞추고 그 방을 나올 생각이었다. 하지만 내가 고개를 돌렸을 때, 놀랍게도 지금 내 아내가 된 창녀가 방으로 들어서고 있었다. 그리고 자신의 어머니가 죽어 누워 있는 앞에서 그녀는 나에게 열에 들뜬 몸을 마구 비벼왔다. 나를 끌어당겨 안고 뜨거운 입맞춤을 퍼부어댔다. 나는 너무나 수치스러운 나머지 땅속으로 꺼져버리고 싶었다. 이런 상황에서 어떻게 행동해야 할지 알 수 없었다. 죽은 이가 꾹 다문 입 뒤에서 우리에게 비웃음을 던지는 것만 같았다. 살짝 굳어 있는 죽은 이의 고요한 미소가 어느새 모양이 살짝 비틀린 것처럼 느껴졌다. 그러나 순간 자제력을 잃은 나는 그녀를 얼싸안고 입을 맞추었다. 그때 옆방으로 통하는 커튼이 열리면서, 죽은 이의 남편, 창녀의 아버지가 구부정한 등을 하고 목에는 숄을 두른 채, 우리가 있는 방으로 들어왔다.

그는 메마르고 기분 나쁜 웃음을 터뜨렸는데, 소름 끼치는 웃음소리에 나는 머리칼이 곤두섰다. 너무도 격렬하게 웃어대느라 그의 어깨가 사정없이 들썩였다. 하지만 그는 우리에게 단 한 번의 눈길도 주지 않았다. 나는 너무나 수치스러운 나머지 땅속으로 꺼져버리고 싶었다. 우리를 향해 비웃음의 미소를 던지고 있는 죽은 고모에게, 할 수만 있다면 사정없이 따귀라도 갈겨버리고 싶은 심정이었다. 이 무슨 치욕이란 말인가! 공포와 경악에 사로잡힌 나는 정신없이 방을 나왔다. 모든 게 다 그 창녀 때문이다! 보나 마나 그녀는 나를 결혼으로 몰아붙이기 위해 처음부터 끝까지 전부 연기를 한 것이 틀림없었다.

우리는 비록 젖남매 사이였지만, 그래도 나는 집안의 명예를 위해 그녀와 결혼해야만 했다. 그녀는 처녀가 아니었다. 나는 그 사실을 몰랐다. 무슨 수로 그걸 알 수 있었겠는가. 나중에 사람들이 나에게 몰래 일러주어서 알게 된 것이다.

결혼식 날 밤, 우리 둘만 남게 되자 나는 그녀에게 사정하고 애원했다. 아니 거의 구걸하다시피 했다. 하지만 그녀는 냉담하게 거절했다. 아직은 옷을 벗을 준비가 안 되었다는 것이다. "생리 중이라서 그래요" 하고 그녀가 말했다. 그녀는 나를 가까이 오지도 못하게 했고, 불을 끈 다음 반대편 구석으로 가서 잠을 잤다. 그녀는 사시나무처럼 몸을 떨었다. 마치 무시무시한 괴수와 함께 고문실에 감금당한 사람처럼 덜덜 떨었다. 이 말을 누가 믿겠는가? 참으로 이해할 수 없는 일이었다. 뺨에다 하는 한 번의 입맞춤조차 그녀는 내게 허용하지 않았다. 둘째 밤도 첫째 밤과 마찬가지였다. 나는 여전히 방바닥에서 잠을 잤다. 그 이후의 밤들도 모두 같았다. 나는 감히 그녀 곁으로 다가갈 엄두도 내지 못했다. 그렇게 날들이 흘러갔다. 매일 밤 나는 그녀와 반대편 방바닥에서 잠을 잤다. 누가 이 말을 믿겠는가? 두 달 동안, 아니 두 달하고도 나흘 동안, 나는 그녀에게서 떨어진 채 방바닥에서 잠을 잤고, 감히 그녀 곁으로 다가갈 엄두도 내지 못했다.

그녀는 진작 초야의 깔개를 침대에 깔아놓았다. 처녀성

을 증명하기 위해 아마도 비둘기의 피를 뿌려놓았을 것이다. 나는 알 수 없다. 어쩌면 그녀가 최초로 남자와 잠을 잘 때 만들어놓은 것인지도 모른다. 나를 조롱하기 위해서 보관해둔 그 깔개를 보란 듯이 펼쳐놓았을 것이다. 모두들 나에게 축하 인사를 건넸다. 서로 눈을 찡긋거리며 이렇게 생각하겠지. '저놈이 어젯밤에 드디어 요새를 함락했구나.' 나는 전혀 내색하지 않았다. 아마도 다들 나를 비웃었을 것이다. 속으로는 나를 멍청한 놈이라고 깔보고 놀려댔을 것이다. 나는 결심했다. 언젠가 이런 체험을 모두 글로 기록하겠다고.

얼마 지나지 않아 나는 그녀에게 애인이 여러 명이나 있음을 알아차렸다. 아마도 그녀는, 물라*가 아랍어로 몇 마디 중얼거리고 그녀를 내게 속하게 만든 것 때문에 내가 싫은 걸지도 몰랐다. 그녀는 자유로운 사랑을 더 좋아하는 걸 수도 있었다. 그래서 어느 날 밤 나는 그녀를 강제로 차지해버리겠다고 마음먹었다. 그렇지만 내가 이 계획을 실행에 옮기려고 하자, 우리 사이에는 격렬한 싸움이 벌어졌다. 그녀는 결국 내 품에서 빠져나가 달아나버렸다. 나는 그녀의

---

* Mullah: 이슬람의 법률·종교 지식인의 이름 앞에 붙이는 경칭.

침대에서 몸을 뒹구는 것으로 만족해야만 했다. 그녀 육체의 온기가 배어 있고 그녀의 향기가 스며 있는 침대에서, 나는 처음으로 편안하게 잠을 잘 수 있었다. 그날 이후 우리는 각자 다른 방에서 잠을 잤다.

저녁때 내가 집으로 돌아오면, 언제나 그녀의 모습은 보이지 않았다. 그녀가 집에 있는지 없는지 그것조차도 알 길이 없었다. 알고 싶지도 않았다. 나는 고독의 형벌, 죽음의 처형을 선고받은 인간이었다. 나는 할 수 있는 모든 수단과 방법을 동원하여 그녀의 애인들과 연락을 취해보려고 했다. 아마 그 누구도 이런 내 말을 믿지 않을 것이다. 그리고 그녀가 누군가를 마음에 들어 한다는 소리를 들으면, 나는 그 남자를 찾아가 기회를 엿보았다. 그런 일을 하면서 참으로 많은 굴욕과 고통을 감수해야만 했다. 그녀가 좋아하는 남자와 안면을 트고, 그에게 아첨을 하고, 어떻게든 그를 잘 구슬려 그녀를 만나러 오게 만드는 것이다. 그렇게 알게 된 그녀의 애인들이란! 소의 내장을 다루는 정육업자, 법률학자, 동물 간을 파는 상인, 경찰관, 이슬람교 사제, 장사꾼, 철학자. 온갖 종류의 이름과 타이틀이 잡다하게 모여 있지만 이들의 공통점은 모두 뒷골목 출신의 젊은 남자라는 것이다. 그녀는 이들 모두가 다 나보다는 마음에 드는 것이다. 그런 사실을 받아들여야 한다는 것은 엄청난 수치와 굴욕이었다. 나 자신이 얼마나 초라하고 비참했는지, 아무도 내 말을 믿지 못할 것이다. 나는 아내를 잃게 될까 봐 두려웠다. 그래서 그녀의 애인들로부터 유혹의 기술을 좀 배워 보려고 했던 것이다. 하지만 결과적으로는 천하의 바보에게조차 비웃음의 대상이 되는 처량한 뚜쟁이, 그 이상이 되지는 못했다. 어떻게 내가 길거리 천한 건달패들의 태도와 정신세계를 내 것으로 만들 수가 있었겠는가! 이제야 나는 깨달았다. 아내가 그런 작자들을 사랑한 이유는, 다름 아닌 그들의 뻔뻔함과 무식함, 파렴치함 때문인 것이다. 그들의 사랑은 근본적으로 추악함과 죽음이 뒤섞인 성질의 것이다. 그런데 나는 그녀와의 잠자리를 정말로 원했던가? 오직 그녀의 육체가 나를 욕정에 불타게 만든 것인가, 아니면 그녀가 나를 참혹하게 짓밟고 증오하고 모욕감을 주었기 때문에 내가 그녀를 사랑할 수밖에 없었던 것인가? 그녀의 몸짓, 그녀의 태도, 아니면 그녀의 어머니를 향한 내 애정 때문이었을까? 아마도 그 모든 원인이 전부 합쳐져 있을지도 모른다. 아, 나도 잘 알 수 없다.

그렇지만 확신할 수 있는 것이 한 가지 있다. 그 여자, 그 창녀, 그 마녀가 내 영혼에 정체를 알 수 없는 독을 풀어 넣었다는 것이다. 내 존재 안으로 사악한 독을 주입하여 그녀에 대한 욕망으로 정신을 못 차리게 만들었을 뿐 아니라 내 육체의 모든 원자가 그녀 육체의 원자들을 하나하나 미치도록 그리워하게 만들어버렸고, 그 그리움은 아무리 시간이 흘러도 좀처럼 사그라질 줄을 모르는 것이다. 나는 가슴 깊숙한 곳에 남몰래 숨겨둔 꿈이 있다. 그녀와 함께 아무도 없는 외딴 섬으로 가서 사는 것, 주변에 아무도 없는 그런 장소에서 그녀와 단둘이서만. 나는 가슴 깊이 소망한다. 단 한 번의 지진, 단 한 번의 폭풍, 단 한 번의 번갯불이 지상을 내리쳐, 내 방 벽 바로 바깥쪽에서 우글거리고 있는, 내 주변을 돌아다니며 좋아서 낄낄거리는 저 천박한 무리들을 모조리 쓸어버리고 오직 단 한 사람, 그녀만을 남겨놓아 달라고. 우리 둘만이 지상의 유일한 인간으로 살아남게 해달라고.

하지만 그녀는, 이 세상의 어떤 짐승보다, 어떤 뱀이나 괴물보다 나를 더 싫어했다. 나는 단 하룻밤만 그녀와 함께할 수 있기를 간절히 바라고 또 바랐다. 그러면 우리는 서로 하나가 되고 서로의 육신 속으로 파고들어가 함께 죽음을 맞이할 수 있었을 텐데. 그것은 내가 가장 이루고 싶은 생의 소망이기도 했다.

창녀는 내가 이미 겪은 고통으로는 만족하지 못하고 나를 계속 괴롭히면서 크나큰 기쁨을 느끼는 것 같았다. 마침내 나는 세상과 단절하고 집 안에 틀어박힌 채 살아 있는 시체와 같은 삶을 영위하게 되었다. 그 누구도 우리의 이런 비밀을 알지 못했다. 나날이 피폐해져가는 내 삶의 유일한 증인이자 내 속마음을 털어놓을 수 있는 상대는 오직 늙은 유모 한 사람뿐이었다. 유모는 유일하게 내 편을 들어 창녀를 욕해주는 사람이기도 했다. 유모의 입을 통해서 나는 다른 사람들이 등 뒤에서 내 험담을 어떻게 하고 다니는지도 듣게 되었다. 그들은 내 아내를 동정하면서 이렇게 속삭인다는 것이다. "세상에 불쌍하기도 하지! 저런 미치광이 남편을 견뎌내야만 하다니!" 그들의 말이 맞기는 했다. 내가 이렇게까지 지독한 모멸의 늪 속에 빠져 있는 줄을 그 누가 상상이나 할 수 있겠는가.

하루하루 시간이 갈수록 나는 점점 더 추락하고 있었다. 거울을 들여다보면 내 뺨이 새빨갛게 변한 것을 볼 수 있었다. 정육점에 걸린 고깃덩이처럼 붉은색이다. 그처럼 내 몸은 밤이나 낮이나 열에 시달리고 있으며, 눈동자 속에는 슬픔과 질병이 도사리고 있다.

이런 상태는 나를 어느 정도 황홀하게 만들어주기도 했

다. 나는 내 눈 속에서 스스로의 죽음이 어른거리는 것을 읽었다. 나는 내가 죽을 것을 사실로 받아들였다.

마침내 의사가 집으로까지 불려왔다. 천민의 일원인 의사, 가정 주치의인 그는 우리 모두를 태어날 때부터 돌봐왔다고 했다. 연한 노란색이 도는 터번을 쓰고 삼단이나 되는 풍성한 수염을 잔뜩 기른 의사가 방 안으로 들어왔다. 그는 내 할아버지에게 정력제를 처방해준 적도 있다면서 자기과시를 했다. 내가 아기일 때는 찐 쑥에 덩어리 설탕을 섞어서 목구멍에 털어 넣어준 적이 있고, 내 고모에게는 뱃속에 하제를 주입하기도 했다는 것이다. 그는 내 침대 곁에 앉아서 맥박을 재고 혀를 들여다보더니, 당나귀 젖과 보리 달인 물을 처방했다. 하루에 두 번 노간주나무와 비소 증기를 흡입해야 한다고도 했다. 그리고 유모에게는 보리 물 달이는 여러 가지 방법을 비롯하여 박하 잎, 올리브 기름, 장뇌, 감초, 양치식물의 꿀주머니, 월계수 기름, 거위 기름, 아마 씨 가루, 그리고 소나무 씨앗과 그 밖의 잡다한 것을 섞어 연고 만드는 법을 상세하게 일러주었다.

내 상태는 서서히 나빠지고 있었다. 늙은 얼굴과 회색 머리칼의 내 유모만이—그리고 창녀의 유모이기도 한—방 구석 내 침대로 와서 이마에 차가운 냉찜질을 해주거나 약초 달인 물을 가져다주곤 했다. 유모는 내 어린 시절 이야기를 들려주었고, 마찬가지로 그녀, 창녀의 어린 시절 이야기도 들려주었다. 유모의 말에 따르면 내 아내는 이미 요람에 있을 때부터 왼손 집게손가락 손톱을 물어뜯는 습관이 있었다고 한다. 그것도 손가락에서 피가 날 때까지 계속해서 말이다. 유모는 가끔 동화도 들려주었다. 유모의 동화는 나를 다시 젊게 만들었고, 나에게 어린아이의 영혼을 부여했다. 유모가 들려주는 동화는 모두 내가 어린 시절에 들었던 이야기들이며, 나와 내 아내가 함께 나란히 요람에, 커다란 2인용 요람에 누워 있던 당시의 이야기였기 때문이다. 그때도 유모가 지금과 똑같은 동화를 들려주던 것을 나는 똑똑히 기억할 수 있었다. 어린 시절에는 들으면서도 믿지 않았던 동화 속 내용들이 이제는 상당 부분 아주 당연한 것으로 다가오고 있었다.

질병은 내 안에서 새로운 세상이 열리게 했다. 낯설고도 불명확한 세상, 인간이 건강한 상태에서는 결코 상상할 수조차 없는 그림과 색채, 욕망들로 가득한 세상. 나는 동화를 흥미진진하게 귀 기울여 들었다. 동화는 나에게 말할 수 없는 흥분과 쾌락을 선사했다. 다시 어린아이로 되돌아간 것만 같았다. 심지어 지금 이 순간, 이 글을 쓰고 있는 순간에도 나는 그와 같은 흥분과 쾌락이 내 몸을 관통하는 것을 느낀다. 이 감정은 현재에 속한 것이지 과거의 것이 아니다.

아마도 동화를 통해서 후대로 전해져 오는 우리 조상의 행동과 생각, 소망과 습관은 인간 삶의 필수불가결한 어떤 요소를 내포하고 있는 것이리라. 수천 년에 걸쳐 같은 언어가 말해지고, 수천 년에 걸쳐 같은 사랑의 행위들이 이루어지며, 수천 년에 걸쳐 똑같은 유치한 소동과 오해가 반복해서 일어난다. 이것이야말로 처음부터 끝까지 우리 삶의 전체 모습이 아닐까, 어이없는 동화, 황당하고 믿기 힘든 한 판 이야기가? 지금 나는 여기서 내 우화를, 내 삶의 동화를 쓰고 있는 것은 아닐까? 사실 동화는 현실에서 충족되지 않는 소망과 그리움의 도피처이며, 모든 동화 작가는 타고난 상상력과 재능의 범위 안에서 그 소망과 그리움에 형체와 그림을 부여하고 있는 것이다.

아무것도 모르던 어린 시절 그러하던 것처럼, 다시 한번 더 편안하고 고요하게 잠들 수 있을까? 지극히 평화롭게, 그 어떤 동요도 없이! 항상 잠에서 깨어날 때면 내 뺨은 정육점의 고깃덩이처럼 붉게 달아올라 있었다. 내 육체는 열에 들뜨고, 나는 기침을 했다. 오, 얼마나 깊고도 지독한 기침인지! 내 몸 어딘가에 숨어 있는 음침한 암흑의 구덩이에서 터져 나오는 기침인가. 그것은 매일 아침 정육점에 양고기를 싣고 오는 비루먹은 말의 기침 소리와 흡사했다.

그때의 일을 나는 분명히 기억하고 있다. 칠흑처럼 어두운 밤이었다. 몇 분 정도 나는 의식 없이 몽롱한 상태였다. 막 잠이 들기 직전, 나는 스스로와 대화를 나누었다. 그런데 바로 그 순간, 나는 아기가 되어 요람에 누워 있다는 강한 확신이 들었다. 그리고 누군가 내 곁에 있음도 알아차렸다. 집 안 사람들은 모두 이미 오래전에 잠이 들었다. 해가 막 뜨기 직전이었다. 병자들은 느낌으로 안다. 이 시간이야말로 생명이 세상의 끝을 넘어서 피안으로 되돌아가는 순간임을. 내 심장이 미친 듯이 요동쳤다. 하지만 전혀 두려움은 없었다. 나는 눈을 떴지만 어둠이 너무나 짙고 두꺼웠으므로 아무것도 볼 수 없었다. 그렇게 몇 분이 흘러갔다. 내 머릿속에는 병적인 상상이 요동치기 시작했다. 나는 홀로 중얼거렸다. "아마도 그녀일 거야." 바로 그 순간 펄펄 끓는 내 이마 위에 누군가의 차가운 손이 와 닿았다.

나는 온몸을 와들와들 떨었다. 그리고 홀로 자문해보았다. "방금 그것은 죽음의 천사 아즈라엘의 손이 아니었을까?" 그리고 나는 잠에 빠져들었다.

 다음 날 아침 내가 깨어나자 난듄이 와서 말했다. 딸이 (유모는 창녀를 자신의 딸이라고 불렀다) 지난밤 내 침상으로 와서 내 머리를 자신의 허벅지에 올리고 나를 마치 요람 속의 아기처럼 흔들어 재웠노라고. 아마도 그녀의 모성애적 본능이 고개를 든 것이 틀림없었다. 그런데 나는 바로 그 순간에 죽음의 문턱을 보지 않았는가! 아마도 그녀가 임신했던 아기가 죽은 것일지도 모른다. 그런데 그 아이는 세상에 태어나기는 한 것일까? 나는 알 수 없다.

 무덤보다도 더 좁고 더 어둡게만 느껴지는 바로 이 방에서, 나는 매 순간마다 내 아내를 한 번이라도 보고 싶은 갈망으로 목말라하고 있었다. 하지만 그녀는 단 한 번도 내 방에 오지 않았다. 그런데 나를 이 방에서 칩거하도록 만든 장본인은 바로 그녀가 아니었던가! 농담이 아니다. 벌써 3년 동안이나, 아니 2년하고도 넉 달 동안이나 나는 이 상태로 살고 있었다. 하지만 몇 년이든 몇 달이든 그런 숫자가 무슨 의미가 있단 말인가? 나에게 시간은 철저히 무의미할 뿐이다. 이런 무덤 같은 공간에서 사는 사람은 시간 개념 자체를 잃어버리게 되는 법이니까. 이 방은 내 삶의 무덤이고 내 생각의 무덤이었다. 타인들의 분주함, 그들의 목소리,

그들의 살아가는 행태, 생긴 모양새나 생각의 양상이 다들 비슷비슷한 길거리 군상들의 삶은 어느덧 내게는 아주 낯선 것이 되어버렸다. 병상에 누워 지내게 된 이후로 나는 신비하고 이상한 또 다른 세계 속으로 들어가버렸기 때문이다. 이제 나는 평범하고 속된 인간들에게 더 이상 의존하지 않게 되었다. 나는 내 안에서 나만의 세상, 수수께끼로 가득 찬 미로의 세계를 발견한 것이다. 그리고 나는 매 순간 그 새로운 세계를 탐구해야 한다는 생각에만 몰두하고 있었다.

밤, 두 가지 세계의 경계에서 내 의식이 흔들리는 시간, 아무 생각 없는 아득한 잠 속으로 빠져들기 몇 분 전, 나는 꿈을 꾸기 시작했다. 눈을 한번 깜빡일 정도의 아주 짧은 찰나의 순간 나는 생애 전체를 관통했다. 그 생애는 내가 현 세상에서 살아가는 삶과는 완전히 달랐다. 나는 완전히 다른 공기를 호흡했다. 나는 아주 멀리멀리 갔다. 너무나 멀어서 나 자신으로부터 달아난다는 느낌, 그리고 내 운명 자체가 변화한다는 느낌이 들 정도였다. 두 눈을 감아야만 나는 이 새로운 자신, 진짜 나 자신의 모습을 느낄 수 있었다. 눈앞에 보이는 형상들은 스스로가 살아 있어서, 자기들 멋대로 산산이 해체되었다가 다시 하나의 형체로 모여지곤 했다. 내 의지는 그들에게 아무런 영향을 미치지 않는 것이 분명했다. 하지만 확신은 할 수 없다. 그리고 눈앞에서 펼쳐지는 사건들도 보통의 일반적인 꿈속에서와는 아주 달랐다. 게다가 나는 아직은 잠이 든 것이 아니다. 나는 맑은 정신인 채로 눈앞에 나타난 형상들을 하나하나 분리하여 그것들을 차분히 살펴보았다. 그러자 매우 생소한 느낌, 마치 내가 그때까지 스스로를 전혀 알지 못하고 살아왔으며, 내가 항상 생각해오던 이 세상의 의미와 힘이 송두리째 사라져버린다는 느낌이 들었다. 대신 깜깜한 암흑만이 뒤에 남았다. 나는 밤을 응시하는 법을 배우지 못했다. 밤을 사랑하는 법도 배운 바 없었다.

그 순간 내 팔다리가 온전히 내 의지의 명령 아래 있었는지 나는 확신할 수 없다. 만약 내가 내 손에게 알아서 움직이라고 놓아둔다면 아마도 손은 알 수 없는 비밀스러운 힘에 의하여 저절로 움직일 것이고, 나는 그것을 통제하거나 조절할 수 없을 것이 확실했다. 만약 내가 내 몸을 줄기차게 감시하지 않는다면, 몸은 전혀 예상하지 못한 행동을 해버릴 것이다. 살아 있는 상태로 육신이 부패한다는 느낌을 나는 이미 오래전부터 갖고 있었다. 내 육신뿐 아니라 내 영혼마저도 심장의 박동과 반대되는 상태에 놓인 지 오래였다. 나는 분열되었다. 기묘하고도 독특한 와해와 부패의 과정이 내 안에서 진행 중이었다. 간혹 스스로도 믿기 힘든 생각이 내 머릿속을 스쳐 지나갔다. 종종 측은한 연민이 내 안에서 솟아나기도 했다. 비록 내 이성은 그런 감정을 단호하게 물리쳐버렸지만 말이다. 다른 누군가와 대화를 나눌 때, 일 때문에 혹은 어떤 주제를 가지고 토론을 벌일 때, 내 정신은 멀리 다른 곳으로 가 있었다. 나는 스스로를 질책했다. 나는 느려터진 덩어리일 뿐이고, 그나마도 다 부패하여 썩어가고 있는 중이라고 말이다. 그래, 아마 그게 사실일 것이다. 지금까지 그래왔고, 앞으로도 그럴 것이다. 정말로 괴상하고 기괴한, 상반되는 성질이 뒤섞인 혼합물······

가장 견디기 힘든 것은 매일 얼굴을 대하면서 함께 어울려 살고 있는 이 인간들과 내가 너무도 다르며, 너무도 멀리 있었다는 사실이다. 하지만 또한 동시에, 그들과 내가 외모가 유사하며, 아주 희미하기는 하지만 어쨌든 그들과 연결의 끈을 유지하고 있음도 느끼고는 있었다. 나도 그들처럼 기본적인 공통의 욕구를 가진다는 사실이 내 소외와 이질감을 어느 정도 완화시켜주는 것이다. 내가 그 멍청한 패거리들, 하찮은 건달패들과 마찬가지로 내 아내, 그 창녀를 좋아하고 있었다는 것은 참으로 불쾌한 일이다. 그런데도 그녀는 그런 족속들을 나보다 더 높이 사고 있지 않은가.

아마도 우리 둘 중에 적어도 하나는 뭔가 약간 이상한 것이 틀림없었다.

　나는 아내를 '창녀'라고 불렀다. 그보다 더 적절한 다른 명칭이 없었기 때문이다. 나는 그녀를 단순히 '아내'라고 지칭하고 싶지는 않다. 왜냐하면 우리 사이에는 부부간의 관계라고 할 만한 것이 전무했기 때문에 만약 내가 그녀를 '아내'라고 부른다면 그것은 거짓말이 될 것이다. 결혼한 첫날부터 나는 그녀를 창녀라고 불렀다. 창녀라는 호칭은 짜릿한 자극을 동반했다. 내가 그녀와 결혼한 이유는 단 하나, 그녀가 나에게 덤벼들었기 때문이다. 그런데 그것은 속임수였고, 참으로 파렴치한 계략이었다. 그녀는 나를 조금도 좋아하지 않았다. 그녀라는 여자가 어떻게 다른 누군가를 진심으로 좋아할 수 있었겠는가? 그녀는 오직 육신의 욕망을 채우기 위해, 쾌락을 위한 희롱의 대상으로서 남자를 필요로 했고, 남자를 고문하는 것에서 쾌감을 느끼는 방탕한 여자였다. 그녀가 삼각관계에서 특별한 만족감을 얻는지는 모르겠다. 단지 확실한 것은 그녀가 자신의 자유로운 연애 행각을 위한 희생물로 나를 선택했다는 사실이다. 그런 목적을 위해서 나만큼 적당한 상대는 아마 없었을 것이다. 그런데도 나는 그녀가 자기 어머니를 닮았다는 이유로, 또한 그로 인해 나와 희미하기는 하지만 분명한 유사성을 지니고 있다는 이유로 결혼까지 하지 않았는가. 지금도 나는 그녀를 사랑한다. 오직 그녀만을 사랑한다. 지금 내 육체의 모든 신경줄은 그녀를 갈망하고 있으며, 특히 내 몸 중심 부위가 몹시도 그녀를 그리워한다. 내가 느끼는 이 독특한 느낌의 갈망을 평범하고 진부한 용어인 '사랑'이나 '애정'이란 겉치레 말로 포장하고 싶지는 않다. 그런 어휘들은 소리 자체도 나에게 거슬린다. 내가 가진 이 느낌은, 일종의 아우라, 예언자의 머리 주변에서 빛나는 성스러운 후광이 내 몸의 중심부를 감싸고 있는 것과도 같다. 아마도 이러한 병적이고 고통스러운 광휘의 자기장이 그녀의 자기장을 갈망하고, 온 힘을 다해 그녀를 끌어당기려고 하는 것이리라.

몸이 좀 나아지자 나는 밖으로 나가서 길거리를 돌아다녀보고 싶었다. 마치 자신의 죽음을 감지한 비루먹은 개가 정처 없이 헤매고 다니듯이, 혹은 죽음을 앞둔 새가 아무도 모르는 구석진 곳을 찾아다니듯이. 아침 일찍 일어나 옷을 입고 선반에 놓인 납작한 빵을 두 개 먹은 뒤, 몰래 집을 빠져나갔다. 나를 둘러싼 비통한 환경으로부터 탈출한 것이다. 목적도 없이 나는 여기저기 골목길을 무작정 돌아다녔다. 야비한 얼굴을 한 건달들 앞을 지나갔다. 돈과 욕정을 위해서라면 무슨 짓이라도 할 준비가 되어 있는 탐욕의 낯짝들을 지나쳐서 갔다. 나는 그런 인간들의 얼굴을 바로 쳐다보고 싶지 않았다. 그들 모두는 서로서로의 욕망을 반영하고 대변해주는 얼굴이었다. 그들은 하나의 커다란 아가리로 이루어진 인간이었다. 내장이 주렁주렁 매달린 아가리, 그 내장의 끄트머리에 성기가 하나 붙어 있는.

갑자기 몸이 가벼워지고 움직임도 아주 편해졌다. 나는 스스로도 놀랄 정도로 가볍고 날렵하게 발걸음을 옮기고 있었다. 나를 옭아매고 있던 삶의 족쇄가 모두 떨어져 나가버린 기분이었다. 나는 어깨를 으쓱거렸다. 그것은 아주 오래된 습관으로, 어린아이 때부터 나는 공부의 압박감에서 놓여났거나 어떤 의무를 해치우고 나면 늘 그런 식으로 어깨를 으쓱이곤 했다.

태양은 점점 높이 떠올라 뜨겁게 이글거렸다. 나는 오래된 좁다란 골목길의 미로에서 길을 잃고 헤매다가 기묘하게도 기하학적 모양을 한 잿빛 집들 앞을 지나갔다. 육면체와 각기둥, 피라미드 형태의 집들은 창유리도 손잡이도 없는, 침침하고 낮은 창을 갖고 있었다. 임시로 지어진 듯한 황량한 집들이었다. 처음부터 사람이 전혀 살지 않았던 것 같았다.

햇빛은 마치 황금의 칼날처럼 담장과 담장 사이 그늘을 금빛으로 갈랐다. 좁은 골목길은 하얗게 칠해진 오래된 벽들 사이로 하염없이 이어졌다. 사방은 오직 귀를 멍하게 만드는 고요함으로 가득했다. 이글거리는 대기가 지시하는 성스러운 계명에 지상의 모든 원소가 숨죽여 복종하는 분위기였다. 투명한 공기는 숨은 비밀들이 겹겹이 쌓인 창고였다. 차마 숨을 들이쉬기 겁이 날 정도였다.

그러다가 어느새, 도시 성문을 빠져나온 지도 한참이라는 생각이 문득 떠올랐다. 뜨거운 태양빛은 수천 개의 빨판인 양 내 몸에서 땀방울을 쉴 새 없이 뽑아내고 있었다. 화염처럼 활활 타오르는 태양의 열기로 평원의 식물들은 강황처럼 누렇게 말라 있었다. 열에 들뜬 태양의 눈동자가 이글거렸다. 지상의 풍경은 생명력을 잃고 조용하게 죽어 있었다. 하늘 깊숙한 곳에서 불타는 광선이 그 위로 쏟아져 내렸다. 그렇지만 나는 흙과 식물들이 발산하는 기묘한 향기를 느꼈다. 그 향기는 지독하게 강해서, 어린 시절의 어떤 순간이 저절로 생각이 났다. 한때 내가 알고 있었던 몸짓과 말들이 기억의 표면으로 떠올랐는데, 그 기억이 지극히 선명하여 마치 어제 겪었던 일 같았다. 나는 기분 좋은 도취감에 사로잡혔다. 잃어버린 세계의 재탄생을 체험하는 기분이었다. 오래된 달콤한 포도주가 핏속을 타고 흐르듯이 그 쾌감은 내 존재의 가장 깊은 핵심으로 파고들어왔다.

가시덤불과 바위, 잘려나간 나무둥치, 작고 초라한 야생 백리향이 흩어져 있는 평원에는 내가 한때 잘 알고 있던 익숙한 풀들의 냄새가 났다. 그 냄새를 느끼는 순간 나는 멀고도 아득한 과거로 밀려갔다. 언젠가부터 시간은 내게서 멀리 물러나, 이상하게도 나와 무관한 별개의 생명체처럼 자기 스스로 살아갔다. 시간과 나 사이에는 건널 수 없는 엄청난 심연이 입을 벌린 채 가로놓여 있으므로 나는 내 인생의 불행한 방관자가 되어버렸다. 그 이후로 내 심장은 공허하게 텅 비었고, 풀들은 한때 나를 사로잡던 마법의 향기를 잃어버렸다. 이제 사이프러스 나무들은 예전보다 훨씬 드문드문 서 있었으며, 언덕의 풀들은 황량하게 말라버렸다. 한때 나였던 인간은 더 이상 존재하지 않았다. 설사 내가 그를 다시 불러내서 대화를 시도해본다고 해도 우리는 서로 전혀 이해하지 못할 것이 분명했다. 그는 먼 과거에 내가 알던 한 사람에 불과했고, 지금 나는 그와 더 이상 아무런 공통점이 없었다.

이 세계는 텅 빈 슬픔의 집이었다. 나는 맨발로 슬픔의 집의 모든 방을 하나하나 돌아다니는 사람처럼 가슴속에 불안과 근심이 가득했다. 가장 마지막 남은 방으로 들어서는 순간, 내 눈앞에는 그 창녀가 서 있을 것이고, 내 등 뒤에서 문이 저절로 닫힐 것이다. 단지 어둠 속에서 테두리의 윤곽이 희미해진 떨리는 그림자들만이 검은 노예들처럼 내 주변을 둘러싸고 나를 지키고 있을 것이다.

나는 어느새 수렌* 계곡까지 와 있었다. 눈앞에는 앙상한 언덕이 하나 외롭게 솟아 있었다. 언덕의 메마르고 가파른 윤곽은, 이유는 알 수 없으나 어딘지 모르게 내 유모를 연상시켰다. 나는 언덕을 지나 아름답고 아늑한 평지로 나왔다. 평지는 사방이 산으로 둘러싸인 조용한 곳이었다. 검푸른색 메꽃이 천지에 가득했다. 산 위에는 육중한 벽돌 요새가 서 있었다.

몹시 피곤해진 나는 수렌 강변 모래땅 위 한 늙은 사이프러스 나무 그늘에 앉았다.

그곳은 고적하고도 평화로웠다. 아직 그 어떤 인간도 발을 디딘 적이 없는 장소라는 생각이 들 정도였다. 그런데 갑자기, 내 눈에 한 소녀의 모습이 들어왔다. 소녀는 사이프러스 나무 뒤쪽에서 걸어 나와 산 위의 요새를 향해서 다

---

* 라이 주변을 흐르는 강.

가가고 있었다. 소녀는 몹시도 섬세하고 엷은 섬유로 된 검은색 옷을 걸쳤는데 아마도 비단인 듯했다. 소녀는 왼손 집게손가락의 손톱을 잘근잘근 씹고 있었다. 소녀의 느린 발걸음은 전혀 무게가 느껴지지 않게 가볍고 사뿐해서 마치 허공에 살짝 떠서 날아가는 것처럼 보였다. 나는 그 소녀가 낯설지 않았다. 예전에 한 번 본 얼굴인 듯이 어딘지 모르게 낯이 익었다. 하지만 강렬한 태양빛 때문에 눈이 부신 나머지 나는 소녀의 뒤를 계속 쫓을 수가 없었고, 잠시 뒤 소녀는 그대로 자취를 감추었다.

나는 돌처럼 꼼짝 않고 서 있었다. 지금 맹세할 수도 있지만, 소녀는 바로 내 곁을 지나쳐서 그대로 사라져버린 것이 맞았다. 그것은 정말로 살과 피로 이루어진 인간이었을까, 아니면 유령이었을까? 나는 지금 꿈을 꾸고 있는 걸까, 아니면 깨어 있는 걸까? 생각을 하면 할수록 더더욱 알 수 없는 일이었다. 등줄기에 소름이 스치고 지나갔다. 요새의 그림자 하나하나가 모두 살아서 움직이는 것만 같았다. 혹시 소녀는 오래전 고대 도시 라이에 살았던 주민 중 한 사람이 아니었을까?

그런데 그 순간, 내 눈앞에 펼쳐진 풍경 또한 어딘지 낯이 익다는 느낌이 들었다. 그러자 분명히 기억이 났다. 우리는 어린 시절에, 이곳에 한 번 온 일이 있었다. 노루즈가 지난 13일째 날이었다. 내 양어머니와 창녀도 함께 왔다. 우리는 바로 이 사이프러스 나무 아래서 술래잡기를 하며 놀지 않았던가! 그러다가 다른 아이들도 와서 함께 어울렸다. 그래, 하지만 아주 상세한 일들까지는 기억이 나지 않았다. 우리는 술래잡기를 하고 놀았다. 강변에서 내가 창녀를 쫓아가서 붙잡자 그녀는 몸을 비틀며 빠져나가려고 하다가 그만 강물에 빠졌다. 사람들이 그녀를 건져 올려 사이프러스 나무 아래로 데리고 가 옷을 갈아입혔다. 나는 그녀를 뒤따라갔다. 비록 여자들이 쓰는 베일로 앞을 가리기는 했지만, 나는 나무 뒤에 숨어서 그녀의 몸을 모두 훔쳐볼 수 있었다. 그녀는 웃었다. 그리고 왼손 집게손가락의 손톱을 잘근잘근 씹었다. 사람들은 그녀의 어깨에 하얀색 숄을 둘러준 후, 그녀의 엷은 검은색 옷을 햇빛에 널어 말렸다.

마침내 나는 강변 사이프러스 나무 아래, 모래에 몸을 파묻고 누웠다. 물살 찰랑거리는 소리가 마치 잠든 사람의 웅얼거림처럼 귓속으로 파고들어왔다. 무심결에 나는 한 손을 따뜻하고 축축한 모래 속으로 깊숙이 밀어 넣었다. 주먹을 쥐고 모래를 꽉 움켜쥐었다. 모래의 감촉은, 물에 빠지는 바람에 옷을 갈아입게 된 젊은 처녀의 살처럼 신선하고 단단했다.

그런 상태로 얼마나 오래 시간을 보냈는지는 알 수 없다. 몸을 일으켜 세운 나는 정처 없이 발길을 옮겼다. 사방은 고요하기만 했다. 나는 주변을 인식하지 못하면서 오직 걷고 또 걸었다. 도저히 어쩌지 못하는 어떤 커다란 힘이 나를 앞으로 계속 걷게만 만들고 있었다. 내가 의식하는 것은 단지 내 발걸음뿐이었다. 아니, 정확히 말하자면 나는 걷고 있는 게 아니었다. 나는 둥둥 뜬 채로 날고 있었다. 나는 검은색 옷을 입은 소녀가 사라진 방향으로 날고 있었다.

몽롱한 환각의 상태에서 깨어나자 나는 어느새 도시에 들어서 있었다. 내 양아버지의 집 문 앞이었다. 왜 하필이면 양아버지의 집 문 앞으로 온 것인지 이해할 수 없는 일이었다! 그의 어린 아들, 즉 내 아내의 남동생이 집 앞 돌계단에 앉아 있었다. 마치 하나의 사과를 반쪽으로 잘라놓은 듯이 아내와 남동생은 닮았다. 가늘게 찢어진 투르크멘 눈동자, 앞으로 튀어나온 광대뼈, 밀처럼 하얀 피부, 감각적인 콧날, 좁고 생동감 넘치는 얼굴. 그는 돌계단에 앉아서 왼손 집게손가락을 입속에 넣고 있었다. 나 자신도 모르게 그에게 다가가 주머니에 들어 있던 납작한 빵을 건네며 말했다. "이 빵은 샤듄이 너에게 주라고 내게 맡긴 거야(그는 내 아내를 샤듄이라고 불렀다)." 그는 주저하면서 빵을 받아 들더니, 깜짝 놀란 투르크멘 눈동자로 가만히 그것을 바라보았다. 나는 그의 곁에 앉아서 그를 내 무릎에 앉히고는 꼭 끌어안았다. 그의 몸은 따스했다. 그의 종아리는 내 아내의 종아리와 똑같이 생겼다. 그도 내 아내처럼 행동과 태도가 주저함 없이 자연스러웠다. 그의 입술은 내 양아버지를 닮았다. 하지만 그의 아버지 입술이 나에게 역겹고 기분 나쁜 데 반해 그의 입술은 자극과 매혹 그 자체로만 보였다. 반쯤 살짝 열린 그의 입술은 길고 뜨거운 입맞춤을 금방 마친 듯이 촉촉하게 열에 들뜬 모습이었다. 나는 반쯤 열린 그의 입에 키스했다. 내 아내의 것과 흡사한 그의 입. 그의 입술에서는 오이 꼭지처럼 씁쓸하고도 진한 풀 맛이 났다. 아마도 창녀의 입술 또한 그와 같은 맛일 것이다.

바로 그 순간, 늙고 구부정한 곱사등인 그의 아버지가 목에 숄을 두른 모습으로 집 밖으로 걸어 나왔다. 그는 나에게 전혀 눈길을 주지 않은 채 우리를 스쳐 지나갔다. 그는 쉬지 않고 계속해서 흉측한 웃음을 토해냈다. 너무나 흉측해서 머리칼이 곤두서는 웃음이었다. 격렬한 웃음 때문에 그의 어깨가 사정없이 들썩였다. 나는 너무나 수치스러운 나머지 땅속으로 꺼져버리고 싶었다.

벌써 저녁이 가까웠다. 나는 자리에서 일어섰다. 마치 나 자신으로부터 도망이라도 치려는 듯이. 내 발걸음은 나도 모르는 사이 저절로 집으로 향하고 있었다. 내 눈에는 그 어떤 사물도, 사람도 들어오지 않았다. 알지 못하는 어떤 신비로운 미지의 도시에서 길을 잃고 방황하듯이, 그렇게 나는 걸었다. 기하학적 모양의 이상한 집들과, 벽에 금이 가고 시커먼 틈새가 입을 벌린 폐허가 내 주변에서 솟아올랐다. 단 한 번도 사람들이 살지 않았을 것 같은 인상을 주는 집들이었다. 하얀 벽들은 거의 보이지 않는 흐릿한 빛을 발산하고 있었다. 매번 내가 그 벽들 앞을 지날 때마다 달빛은 내 그림자를 벽 위로 비추었는데, 그것은 믿기 힘들 정도로 크고 칠흑처럼 새카맸다. 그런데 놀랍게도 그림자는 머리가 없었다. 그리고 어디선가 이런 목소리가 들려왔다. 머리 없는 그림자를 가진 자는 올해가 다 가기 전에 죽을 것이다.

나는 겁에 질린 채 집 안으로 들어가 내 방으로 도망쳤다. 방에 들어서자마자 코피가 흐르기 시작했다. 피를 아주 많이 흘린 나머지 나중에는 의식이 혼미해진 채 침대에 쓰러지고 말았다. 유모가 와서 나를 돌봐주었다. 완전히 잠들기 전, 나는 거울을 들여다보았다. 내 얼굴은 죽어 있었고,

영혼도 없는 희미한 거죽에 불과했다. 심지어 나조차도 나를 알아보지 못할 정도였다. 침대에 누운 나는 이불을 머리 끝까지 뒤집어쓰고 불안하게 뒤척였다. 벽을 향해 누워 다리를 가슴으로 오므리고 눈을 감았다. 그리고 나는 꿈속으로 들어갔다. 꿈은 음습하고 슬프며 참혹하지만 동시에 기적처럼 놀랍기도 한 내 운명을 자아내는 실이었다. 나는 삶이 죽음과 하나 되는 바로 그 지점에 있었다. 일그러진 형상들이 떠오르면서, 소멸해버린 욕망이, 망각한 정욕과 함께 다시 살아나 해소를 갈망하며 아우성치는 곳. 이 순간 나는 감각으로 감지할 수 있는 세상에서 떨어져 나왔고, 영원한 시간 속으로 들어가 완전한 무(無)로 화해버릴 준비를 마친 상태였다. 나는 몇 번이나 입 밖으로 소리 내어 중얼거렸다. "죽음, 죽음이여…… 너는 어디에 있는가?" 그러자 마음이 한결 진정되었고 내 눈이 감겼다.

나는 모하마디 광장에 서 있었다. 광장에는 높다란 교수대가 설치되었고 교수대 위에는 늙은 고물상이, 내가 창밖으로 자주 보는 그 노인이 매달려 있었다. 교수대 아래서는 술에 취한 경찰관 몇 명이 포도주를 마셨다. 붉게 달아오른 성난 얼굴, 내 아내가 화났을 때와 똑같은 표정으로, 창백한 입술에 눈동자를 무섭게 희번덕거리는 양어머니가 내 팔을 거칠게 잡아끌며 사람들 사이를 헤치고 나아갔다. 그러고는 시뻘건 상처가 목에서 입을 벌리고 있는 형리들에게 나를 내보이며 말했다. "이 애도 목매달아버리세요."

깜짝 놀란 나는 충격 속에서 잠이 깨었다. 온몸이 화덕처럼 뜨거웠고 땀으로 범벅이 되어 있었다. 내 뺨은 불처럼 활활 타올랐다. 악몽의 기억을 떨쳐버리기 위해 나는 침대에서 일어나 물을 마시고, 물로 얼굴을 적신 다음 다시 누웠다. 하지만 잠들 수가 없었다.

희미한 방 안의 어둠 속에서 나는 벽 선반에 놓인 물 항아리를 응시했다. 물 항아리가 거기 놓여 있는 한은 절대로 잠들 수 없을 것만 같았다. 근거도 없고 이유도 없는 공포심이 내 온몸을 가득 채웠다. 항아리가 선반에서 떨어질 것만 같아 너무도 두려웠다. 나는 일어나서 항아리를 안전한 다른 장소로 옮겨놓으려고 했다. 그런데 이해할 수 없게도 기묘한 어떤 힘이 나를 움직여, 내 손이 저절로 항아리를 탁 치고 말았다. 항아리는 바닥에 떨어져 산산조각이 났다.

그제야 나는 눈을 꼭 감았다. 눈을 감자 잠이 깬 유모가 내 방으로 와 침대 곁에 서서 나를 빤히 바라보고 있는 장면이 머릿속에 떠올랐다. 이불 속에서 나는 주먹을 꼭 쥐었다. 하지만 더 이상 별다른 일은 일어나지 않았다. 반쯤 잠이 든 상태에서 나는 대문이 삐걱거리며 열리는 소리와 실내화를 신은 유모가 빵과 치즈를 사려고 집 밖으로 살금살금 나가는 소리를 들었다. 잠시 후 멀리서 과일 상인이 "검은 오디 있어요! 쓸개에 좋은 오디 있어요!" 하고 외치는 소리도 들렸다. 그렇다. 죽은 게 아니었다. 변함없는 일상이 다시 시작된 것이다. 늘 그렇듯이 피곤하고도 지루한 일상이. 날이 밝아왔다. 눈을 뜨자 천장에서 햇살이 어지럽게 춤을 추고 있었다. 환기창을 통해 들어온 햇빛이 물통에서 반사한 것이다.

어젯밤 꿈은 마치 수년 전 어린 시절에 꾼 꿈인 듯, 희미하고도 멀게 느껴졌다. 유모가 아침식사를 가지고 왔다. 유모의 얼굴은 비쩍 마르고 이상하게 길어서, 일그러진 거울을 들여다보는 것 같았다. 어떤 무거운 물체가 얼굴을 아래로만 길게 잡아당긴 듯이 우스꽝스러운 인상을 주는 얼굴이었다.

물 담배가 내 건강에 해롭다는 것은 난듄도 알고는 있었지만, 그래도 그녀는 내 방에서 담배 피우는 습관을 버리려고 하지 않았다. 물 담배가 없으면 절대로 편안한 기분을 느낄 수 없기 때문이다. 그녀는 담배를 피우면서 자신의 가족 이야기, 자신의 며느리와 손자 이야기를 늘어놓았다. 그녀가 아주 세세하고 시시콜콜히 모든 것을 털어놓는 바람에 나는 뻔뻔한 수다의 공범자가 될 수밖에 없었다. 그럴 만한 그 어떤 이유도 없는데도 불구하고 그녀 가족과 친척들을 떠올려야 하는 건, 정말이지 괴상한 기분이었다. 타인들의 행복한 이야기는 나에게 역겨웠을 뿐이다. 나는 내 삶이 종말을 향해 치닫고 있음을 잘 알았다. 나는 내가 서서히 고통스럽게 죽어가고 있음을 알고 있었다. 그런 상황에서 왜 다른 이들의 삶이 궁금하겠는가? 다른 바보들이 어쩌고 사는지, 스스로 건강하다고 믿으면서 잘 먹고 잘 자고 성생활도 부지런히 하면서 내가 겪는 고통에 대해서는 눈곱만큼도 알지 못하는 그런 치들의 일에 왜 신경을 써야 하겠는가? 그들은 죽음의 날개가 매 순간 얼굴을 스치는 느낌, 그것에 대해서 전혀 알지 못한다.

난늎은 나를 어린아이처럼 다루었다. 그녀는 내 온몸을 남김없이 보려고 했다. 사실 난 매우 부끄러움이 많아서 내 아내 앞에서 옷을 벗는 것조차 창피하게 여겼다. 아내가 방으로 들어올 때마다 나는 침 뱉는 그릇의 뚜껑을 덮고 수염과 머리를 빗었으며, 머리 위에 단정하게 침대용 모자를 썼다. 하지만 유모 앞에서는 이상하게도 전혀 부끄럽지 않았다. 아마도 그런 이유 때문에 유모는 내 인생에 그토록 사정없이 끼어드는 것일까? 유모와 나 사이에는 그 어떤 친밀한 관계라고 할 만한 것이 전혀 없는데도. 이 방의 아래에는 물 저장고가 있고, 예전에는 이 방에 코르시*를 설치했던 것이 기억난다. 밤이면 유모와 창녀와 나는 코르시 주변에서 잠을 잤다. 아침이 되어 어슴푸레한 여명 속에서 눈을 뜨면, 문 앞에 달린 커튼에서는 어떤 형체들이 살아서 어른거렸다. 그 얼마나 기괴하고 무서운 모습이었는지! 인도의 요기를 연상시키는 곱사등이 노인이 머리에는 터번을 둘러쓰고 사이프러스 나무 아래에 구부정하게 쪼그리고 앉아 있었다. 노인이 손에 들고 있는 악기는 시타르와 비슷했다. 부감 다시처럼 인도의 사원 무희로 보이는 한 소녀가, 마치 노인에게 붙잡힌 양 두 손을 쇠사슬로 칭칭 묶인 채, 노인 앞에 서서 춤을 추고 있었다. 내 눈에는 노인 역시 코브라와 함께 지하 고문실에 갇혔던 사람으로 보였다. 그만큼 소름 끼치는 음산한 인상이었다. 노인의 머리칼과 수염은 온통 새하얀 백발이었다.

그 커튼은 금실로 수놓인 인도산으로, 아마도 내 삼촌 혹은 아버지가 먼 나라에서 보내왔을 법한 물건이었다. 커

---

* korsi: 아래에 석탄을 피우고 위에 담요 같은 덮개를 깐 사각형 탁자 모양의 난방 시설.

튼 위에 펼쳐지는 그 장면을 가만히 들여다보고 있으니 으스스한 공포감이 몰려왔다. 나는 아직도 깊이 잠들어 있는 유모를 흔들어 깨웠다. 유모는 역겨운 숨결과 거칠거칠한 머리칼로 내 얼굴을 비비면서 나에게 몸을 붙여왔다. 그날 아침 눈을 떴을 때 내 시야에 들어온 유모의 얼굴은 내 어린 시절 당시의 모습과 흡사했다. 단지 주름이 더욱 깊고 진해졌고, 얼굴 선이 더욱 거칠고 메마르게 보인다는 차이만 있었을 뿐이다.

현재의 나 자신으로부터 달아나 병들기 이전의 상태로 돌아가고 싶은 나머지 나는 자주 어린 시절의 기억을 의도적으로 불러내왔다. 나 스스로를 어린아이라고 느끼며 다른 누군가가 죽음을 눈앞에 둔 나를 안타깝게 여기고 있다고, 이제 곧 죽어야 하는 어린아이에게 크나큰 동정심을 느끼고 있다고 상상했다. 공포가 나를 엄습하는 순간에 눈을 들어 유모의 얼굴을 바라본다. 고요하고 침착한 얼굴, 푹 꺼지고 텅 빈, 움직이지 않는 공허한 눈동자, 얄팍한 콧방울과 넓적하고 울퉁불퉁한 이마를 바라보면, 어린 시절에 체험한 그런 감정이 순식간에 파도처럼 밀려오는 것이다. 아마도 유모에게서 어떤 미지의 유동적 기운이 흘러나와 나를 안정시키는 효력을 발휘하는 걸지도 몰랐다. 유모의 광대뼈에는 털이 숭숭 난, 살덩이처럼 불룩 솟아난 점이 있었다. 그 점을 오늘에서야 알아차리다니 참으로 이상하기도 하지. 예전에 나는 유모의 얼굴을 이처럼 자세히 들여다본 적이 없었기 때문이다.

비록 외모는 달라졌을지언정 난듄의 사고방식과 생각은 과거와 조금도 변함이 없었다. 단지 지금 그녀는 삶을 더 많이 사랑하고 있으며, 가을이 되면 살아남기 위해 기를 쓰고 방 안으로 들어오는 파리들처럼 죽음을 더 많이 두려워한다는 차이뿐이었다.

나는 그 반대였다. 내 삶은 매일 매분마다 모습이 변화하고 있었다. 보통의 경우라면 수년에 걸쳐서 일어나는 변화를 나는 점점 빠른 속도로, 다른 사람들보다 수천 배나 빠른 속도로 체험하고 있었다. 생이 나에게 선사했던 모든 행복한 경험의 총체가 영점을 향해 치닫고 있었으며, 심지어는 영점 아래로 침몰하는 상황이었다. 대개의 사람은 생의 마지막에 이르러서야 기름이 다 닳은 램프의 불이 조용하고 잔잔히 꺼지는 데 반해, 어떤 사람은 겨우 스무 살에 벌써 죽음과의 사투를 시작하기도 한다.

점심때 유모가 식사를 가지고 오자, 나는 수프 그릇을 집어던지며 울부짖었다. 나는 목이 터져라 큰 소리로 비명을 질렀다. 집 안의 모든 사람이 다들 내 방 앞으로 몰려왔다. 심지어는 창녀의 모습까지도 얼핏 보였지만, 곧 사라지고 말았다. 나는 그녀의 배를 보았다. 배는 평소보다 불러 있었다. 그렇다. 그녀는 아직 아기를 낳지는 않았던 것이다.

사람들은 서둘러 의사를 불렀다. 멍청한 이 인간들을 당황하게 만들었다는 것만으로도 나는 기뻤다.

삼단 수염을 기른 의사가 도착했다. 그는 아편을 처방해 주었다. 고통만 가득한 내 삶에 이 무슨 기쁨의 명약이란 말인가! 아편을 피울 때면 항상 내 머릿속에는 위대하고도 사랑스러운, 신비하면서도 숭고한 생각들이 떠올랐다. 나는 다시금 속세의 어지러운 때가 전혀 묻지 않은 또 다른 세상 속으로 훨훨 여행을 떠났다.

내 상상력과 사고는 현생의 무게를 벗어던졌다. 나는 침묵의 우주로 들어갔으며, 밤나방의 금빛 날개에 올라타고 아무런 장애도 없이 텅 빈, 희미한 빛의 세계를 관통하여 날아가는 것 같았다. 아편의 효력은 깊고도 압도적이어서 모든 종류의 쾌락과 환희가 내 안에서 용솟음쳤으며, 심지어는 죽음마저도 그런 황홀함을 따라오지 못할 것처럼 여겨졌다.

나는 석탄화로 앞에서 일어나 마당으로 향하는 창문 아

래쪽의 환기구로 다가갔다. 마당에는 유모가 햇볕을 쬐며 앉아 있었다. 그녀는 채소를 다듬는 중이었다. 나는 유모가 자신의 여동생에게 말하는 소리를 들었다. "우리는 이제 모두 지쳤어. 신이 자비를 베푸사 그를 얼른 죽게 해주어야 그도 편히 쉴 수 있을 텐데 말이야!" 아마도 의사가 그들에게 내 병은 약으로도 치료할 수가 없는 단계라고 말을 해준 듯했다.

하지만 나는 조금도 달라진 것이 없었다. 사람들의 어리석음이란! 한 시간 뒤 나에게 약초 달인 물을 가져온 유모의 두 눈은 울어서 시뻘겋게 부어 있었다. 그래도 나에게 미소를 지어 보이려고 안간힘을 썼다. 모두들 내 앞에서 연극을 하고 있는 것이 역력했는데, 그것도 아주 형편없이 서툰 연극이었다. 그들은 내가 아무런 눈치를 채지 못한다고 믿고 있는 듯했다. 그런데 이 여자, 내 유모는 도대체 무슨 이유로 나에게 이처럼 큰 애정을 보이는 것일까? 무슨 이유로 내 고통에 그토록 깊이 동참하려는 것일까? 예전에 그녀는 시커멓고 주름진 젖가슴을 조그만 주전자인 양 내 입에 물려주는 조건으로 돈을 받았다. 나병에라도 걸려 썩어 문드러진 것 같은 젖가슴! 지금 그녀의 가슴을 쳐다보면 구역질이 치밀어 올랐다. 오래전 나는 그 가슴을 파고들면서, 그녀의 온기가 스민 생명의 즙을 허겁지겁 빨아 먹었을 것이다. 그러면서 그녀는 내 온몸을 쓰다듬고 만졌겠지. 바로 그 이유 때문에 지금도 그녀는 과부들이나 할 수 있는 거침없고 무례한 손길로 나를 다루는 것이다. 그녀가 나를 응시할 때의 눈빛은 과거 나를 요강에 앉히던 때와 마찬가지다. 혹시 아는가. 그녀가 나를 보면서 많은 여자가 단짝 여자 친구에게서 느끼는 것과 유사한 모종의 흥분을 느끼는지. 예전이나 지금이나 유모는, 자기 말로 "내 기저귀를 갈아줄 때"면, 엄청난 호기심을 가지고 나를 이리저리 건드려보면서 살피는 것이다. 나를 돌봐주는 것이 내 아내인 창녀였다면, 나는 그런 식의 집요하고 노골적인 손짓을 결코 허용하지 않았을 것이다. 나는 아내가 유모보다 훨씬 더 민감하며, 유모처럼 답답하고 투박한 인간은 아닐 것이라고 지레 상상했기 때문이다. 아니면 그것은 단지 아내를 향한 내 욕망이 불러일으킨 수치심이었을 뿐일까?

그런 까닭에 나는 유모의 손길 앞에서는 부끄러움을 훨씬 덜 느낄 수 있었다. 유모는 나를 돌봐주는 유일한 사람이었다. 아마도 그녀는 나를 보살피는 것이 운명의 섭리이며, 자신의 탄생 별자리가 정해준 길이라고 여기는 듯했다. 거기다 더해서 그녀는 내가 앓아누워 있는 이 기회를 이용해서 자신의 속이야기를 몽땅 나에게 털어놓을 작정이기도 했다. 조금도 쉴 새 없이 자기 가족의 걱정거리, 재미있고 즐거웠던 일이나 다툼 등의 잡다한 분쟁을 늘어놓으면서, 자신의 단순하고 음흉하며 하찮기까지 한 나부랭이 영혼의 내용을 공개하는 것이었다. 원통함에 떨면서, 그녀는 자신의 며느리 이야기를 했다. 마치 며느리가 연적이라도 되는 것처럼. 마치 며느리가 그녀에게서 아들의 사랑과 육체적 욕망을 한 움큼 빼앗아 가버리기라도 한 것처럼. 그녀의 며느리는 아름다울 것이 틀림없었다. 나는 그 며느리를 단 한 번 내 방 환기구를 통해서 본 적이 있었다. 밤처럼 짙은 갈색의 눈동자, 금발, 그리고 조그맣고 가느다란 코를 가진 여인이었다.

유모는 또 종종 예언자들이 행한 기적에 대해서도 얘기했다. 그럼으로써 내 신경을 죽음 아닌 다른 곳으로 돌릴 수 있다고 믿은 것이다. 하지만 내 입장에서는 그런 그녀의 단순 무지함이 부러웠을 뿐이다. 가끔씩은 새로운 소식을 전해줄 때도 있었다. 며칠 전에는 그녀의 딸(유모는 창녀를 자신의 딸이라고 불렀다)이 아기에게—그 딸의 아기 말이다—축복을 빌어주기 위해 부활의 옷을 만들었다는 말도 했다. 그러면서 나를 위로하는 말투로 덧붙이기를, 자신은 우리의 속사정을 다 알고 있었다는 것이다.

유모는 간혹 이웃들에게서 약초를 얻어오기도 하고, 또 직접 마법사에게 가거나 점쟁이에게 가서 성스러운 책이 나에 관해서 뭐라고 조언하는지 물어보기도 했다. 한 해의 마지막 수요일에 유모는 구걸을 나섰다. 사발 가득히 양파와 쌀, 오래되어 고약한 냄새를 풍기는 기름을 얻어왔다. 그런 구역질이 나는 음식을 몰래 나에게 먹였다. 그리고 잠시 사이를 둔 후 의사가 처방한 물약, 박하 잎, 감초, 장뇌, 양치식물의 꿀주머니, 카밀레 기름, 거위 기름, 아마 씨 가루, 녹말, 노란장대꽃, 그 밖의 온갖 잡동사니를 달인 물로 내 배를 그득하게 만드는 것이다……

며칠 전에는 표지에 먼지가 뽀얗게 쌓인 기도서를 한 권 내게로 가지고 왔다. 그렇지만 나는 기도서는 물론이고 다른 어떤 책이나 문서, 속된 인간들이 만들어낸 어떤 사상이나 기록도 읽고 싶지 않았다. 그런 거짓말과 허황된 이야기가 조금도 필요하지 않았다. 그런데 나 또한 길게 이어져 내려온 인간 세대의 마지막 끄트머리가 아니던가? 그러니 과거 시대의 경험들이 내 속에 그대로 저장되어 있지 않겠는가? 지나간 시간들이 내 안에서 고스란히 살아 있을 것이 아닌가? 그럼에도 불구하고 나는 전능한 신에게 허리

굽혀 절을 하면서 아랍어로 중얼거려야 하는 예배 행위는 물론, 모스크의 기도 소리, 사람들이 나날이 더 많은 가래침을 뱉어내는 성스러운 세척 의식에서도 전혀 아무런 감흥을 받을 수 없었다. 비록 예전에 병들기 전에는 할 수 없이 몇 번 모스크에 가서 다른 사람들이 하는 대로 내 마음을 어떻게든 맞추려고 노력해본 적은 있지만 말이다. 그러나 채색 파엔차 도기와 타일 벽화들은 매번 나를 황홀한 꿈의 세계로 이끌어주었다. 그 덕분에 나는 모스크에서 기대하지 않았던 피난처를 구할 수 있었다. 기도가 진행되는 동안 눈을 감고 두 손으로 얼굴을 감싸고 있으면 된다. 그렇게 스스로 만들어낸 인위적인 밤 속에서, 마치 꿈속에서 언어가 그 어떤 통제도 받지 않은 채 정신을 관통하듯이, 그렇게 반복해서 기도문을 외운다. 하지만 그런 기도문은 진심에서 우러난 것이 아니었다. 나는 전능한 신에게 기도를 올리기보다는 차라리 친구들과 만나서 대화를 하는 편이 더 좋았기 때문이다. 신은 내게는 까마득히 높고 먼 존재였을 뿐이다.

지금처럼 따뜻하고 축축한 침대에 누워 있으면, 이런저런 종교적 질문들은 전부 나에게 무의미했다. 나는 신이 정말로 존재하는지, 아니면 단지 이 세상의 모든 권력이 자신들의 지배와 약탈을 정당화하고 신민들을 손쉽게 다스리기 위해 성스러운 상징으로 고안해낸 것인지, 아니면 그들 지배자들이 이 지상에서 벌이는 모습을 그대로 하늘에 투영해 놓은 것인지, 굳이 알고 싶지 않았다. 내 흥미를 자극하는 질문은 오직 하나, 과연 내가 오늘 밤 잠이 들면 내일 아침에 깨어날 수 있을까 하는 것이었다. 죽음의 문제에 비하면 종교나 신앙, 신념 등은 너무도 허약하고 유치한 집착이며, 스스로를 건강하고 행복하다고 믿는 인간들이 시간을 때우는 일종의 방법에 불과했다. 무서운 죽음을 현실로 마주하고 있으며 일생 동안 참혹한 고통의 길을 걸어온 나는, 인간들이 사후에 신의 심판대 앞에서 받을 영혼의 보상이며 형벌이라고 내세우는 모든 것이 싸구려 장난처럼 한심하고 바보스러워 보였을 뿐이다. 죽음의 거대한 공포 앞에서는 그 어떤 교훈이나 가르침이란 것도 무력하기만 했다.

그렇다. 죽음이 두려운 내 영혼은 단 한 순간도 평화를 얻지 못하고 불안할 뿐이다. 진정한 고통이 무엇인지 모르는 자는 이 말을 이해하지 못하리라. 살고 싶다는 내 안의 욕망은 무서울 만큼 커졌으며, 아주 짧은 한순간의 삶의 행복만 있다면 질식할 것 같은 기나긴 공포의 순간도 다 감당할 수 있을 것만 같았다.

나는 고통과 아픔이 존재한다는 것을 충분히 잘 알고 있었다. 하지만 그것들이 무의미하고 덧없다는 것 또한 이미 깨닫고 있었다. 이미 오래전부터 하찮은 무리들은 나를 전혀 이해하지 못했다. 그들은 예전에 내가 그들과 같은 세계에서 어울려 살았다는 사실조차도 까맣게 잊어버린 상태였다. 그런데 끔찍하게도 나는 완전히 살아 있는 것도, 죽어 있는 것도 아니었다. 말하자면 나는 산 자들의 세상에서 삶을 영위하는 것도 아니고, 그렇다고 죽은 자들의 세상에 머물면서 망각과 안식을 향유하지도 못하는, 살아 있는 시체였다.

저녁이 되자 나는 석탄 화롯가를 떠나 환기구로 가서 밖을 내다보았다. 검은 나무 한 그루와 문 닫힌 정육점만이 보였다. 어두운 그림자들이 서로 겹쳐 있었다. 공허하고 텅 빈 광경이었다. 칠흑처럼 새카만 하늘은 별빛으로 여기저기 타버려 구멍이 난, 여자의 낡은 베일을 연상시켰다. 갑자기 아침의 기도를 알리는 소리가 울렸다. 제시간도 아닌데 왜 지금 기도를 알리는 것일까. 혹시 한 여자가 지금 막 죽은 것일까? 혹시 그 여자가 창녀는 아닐까? 기도 소리와 함께 구슬프게 울부짖는 개의 울음소리가 섞여 들려왔다. 나는 생각했다. '누구나 자신의 별을 하나씩 갖고 있다는 말이 맞는다면, 내 별은 분명 아주 멀고, 아주 어둡고, 아주 희

미해서 잘 보이지 않을 테지. 아니 어쩌면 내 별은 아예 없을지도 몰라.'

그때 난데없이 길거리에서 음란한 농담을 주고받는 술 취한 경찰관들의 목소리가 들려왔다. 경찰관들은 이런 노래를 부르며 지나갔다.

술 마시러 가게 내버려둬
우리는 라이 왕국의 포도주를 마실 거니까!
지금 안 마시면 언제 마시겠는가?

겁에 질린 나는 환기구에서 얼굴을 돌리고 몸을 움츠렸다. 경찰관들의 노래는 음산하게 울리며 서서히 멀어지다가 마침내는 전혀 들리지 않게 되었다. 저들은 나에 대해 전혀 알고 싶어 하지 않는 자들이었다. 저들은 아무것도 몰랐다…… 다시 고요와 어둠이 대기 중에 퍼졌다. 나는 기름 램프에 불을 붙이지 않았다. 어둠 속에 앉아 있는 것이 편했기 때문이다. 나는 어둠에, 모든 사물을 덮어버리고 모든 사물의 내부로 틈입하는 짙고도 유동적인 어둠의 질량에 익숙해져 있었기 때문이다. 암흑은 죽어버린 내 생각들을 되살려냈다. 잊힌 공포, 예전에는 결코 본 적도 들은 적도 없는 무시무시한 상상, 내 머리의 어느 구석에 숨어 있다가 튀어나온 것인지 짐작도 하지 못할 소름 끼치는 장면들이 고개를 쳐들었다. 그것들은 흐늘거리며 몸을 일으키고, 나를 향해 역겨운 낯짝을 들이밀었다. 방 안의 모든 장소, 모든 구석에서, 커튼 뒤에서, 문 곁에서 불쑥불쑥 모습을 드러낸 생각들은 얼굴 없는 형체로 나를 겁주고 위협했다.

저 뒤편, 커튼 옆에 흉측한 형체 하나가 앉아 있었다. 움직임이 없는 그 형체는 슬퍼 보이지도, 기뻐 보이지도 않았다. 매번 내가 몸을 돌릴 때마다 그 형체는 내 눈동자를 빤히 들여다보았다. 그것은 내가 어린 시절 이후로 알고 있던 얼굴인 듯했다. 정확히 말하자면 노루즈 이후 13일째 날에 말이다. 그날 우리는 다른 아이들과 함께 수렌 강변에서 술래잡기를 하고 놀았다. 그 얼굴은 조그맣고 위험하지 않은 우스꽝스러운 몸을 한 다른 평범한 얼굴들과 함께 섞여 있었던 것 같다. 그 얼굴은 맞은편 정육업자의 얼굴을 닮아 있기도 했다. 그 형체의 주인은 내 인생에서 뭔가 중요한 역할을 했을 것이다. 적어도 여러 번이나 나와 마주쳤던 얼굴인 것은 맞았다. 추측하건대 그것은 나와 함께 태어났으며, 지금껏 내 주변에 머물면서 살고 있는 어떤 사람의 그림자일 것이 분명했다……

기름 램프에 불을 붙이려고 내가 벌떡 일어서자 그 형체는 녹듯이 사라져버렸다. 거울로 다가간 나는 유심히 내 얼굴을 관찰했다. 그런데 거울 속 내 얼굴이 이상하게도 너무나 낯설었다. 믿을 수 없는 일이었다. 소름이 끼쳤다. 거울 속의 내 모습은 나보다 더 강하고, 더 의미심장해 보였다. 그래서 거울 속의 내가 실제의 나이고, 실제의 내가 거울 속에 비친 모습인 것만 같았다. 나는 그런 거울 속의 상대편과 한 방에 있다는 사실이 참을 수 없었다. 그렇다고 내가 어딘가로 달아나버리면 거울 속의 그가 나를 쫓아올 것 같아 두려웠다. 우리는 둘 다 마치 싸움을 벌이는 고양이 두 마리처럼 서로를 향해 날카로운 비명을 질렀다. 나는 손을 들어 올려 눈 주변을 감쌌다. 손바닥 속에 영원한 어둠을 만들어내고자 했다. 그러자 다시금 공포가 어떤 희열을, 설명할 수 없이 독특한 도취감을 불러일으키는 것이었다. 현기증이 일면서 무릎이 마비되었다. 구토감이 치밀었다. 그러자 갑자기 내가 조금 전부터 계속 두 다리로 서 있다는 데 생각이 미쳤다. 참으로 신기했다. 기적이 일어난 것 같았다. 어떻게 내가 스스로 서 있을 수가 있는가? 누군가 내 다리를 살짝 건드리기만 해도 그 자리에서 균형을 잃고 쓰러져버릴 것 같았다. 발밑이 흔들리는 모종의 현기증이 엄습했다. 땅과 땅 위에 있는 모든 사물이 나로부터 엄청난 속도로 멀어지고 있었다. 나는 마음속으로 남몰래 빌었다. 다시 태어나게 해달라고. 빛과 투명함이 가득한 고요한 세상에서 다시 태어나게 해달라고.

다시 침대로 가서 누우려고 할 때, 내 입에서는 "죽음······ 죽음······" 하는 중얼거림이 흘러나왔다. 내 입술은 닫혔지만, 그럼에도 불구하고 나는 내 목소리의 메아리조차 두려웠다. 과거 한때 내가 가졌던 용기는 모두 소진되어버렸다. 나는 가을이 시작될 즈음 추위를 피해 방 안으로 날아 들어오는 파리와 같았다. 바싹 마르고 생기도 없는, 자기의 날개 소리에도 소스라치게 놀라는 허약한 파리. 한동안 파리는 마치 죽은 것처럼 벽에 찰싹 달라붙어 있지만, 자신이 살아 있음을 느끼는 순간 경솔하게도 허공으로 날아오르다가 벽과 창문에 부딪히고 만다. 그리하여 마침내 죽은 상태로 바닥으로 떨어지는 파리.

눈꺼풀을 닫자마자 내 눈앞에는 나 스스로 만들어낸 세상의 모습이 펼쳐졌다. 그 세상에서 일어나는 일은 내 생각과 상상과 일치하고 있었다. 적어도 내가 보기에 그 세상은 깨어 있을 때 내가 체험하는 현재의 이 세상보다는 훨씬 더 현실적이며 자연스러웠다. 꿈의 세상에서 내 환상은 전혀 아무런 장애도 마주치지 않았으며, 시간과 공간은 위력을 잃어버렸다. 꿈을 가득 채우고 있는 이 미칠 듯이 숨 막히는 관능의 느낌은 내 비밀스런 소망이 불러일으킨 산물이었다. 믿을 수 없는 온갖 환상의 장면이 내 눈앞에 펼쳐지는데, 꿈속에서 그것은 지극히 당연하고도 자연스러웠을 뿐이다. 하지만 꿈에서 깨어나는 즉시 나는 다시금 내 존재에 대한 쓰디쓴 절망에 휩싸이게 된다. 나는 시간과 공간 개념을 상실했다. 아마도 나 스스로 꿈속의 장면들을 연출했으며, 꿈이 나를 엄습하기 전부터 그 내용과 의미를 이미 알고 있었음이 틀림없다.

나는 다시 잠이 들었고, 밤은 앞으로 흘러갔다. 나는 낯선 도시의 골목을 이리저리 헤매고 있었다. 육면체와 각기둥, 피라미드 등 기하학 형태의 기묘한 집들은 침침하고 낮은 창을 갖고 있었다. 메꽃 덩굴이 문과 담장 주변을 뒤덮으며 자라나 있었다. 나는 훨훨 자유롭게 움직였으며 호흡도 아주 가벼웠다. 그렇지만 이 도시의 주민들은 알 수 없는 어떤 미지의 죽음을 겪은 다음이었다. 그들은 모두 그 자리에 선 채 딱딱하게 굳어 있었다. 그들의 입에서 피 두 방울이 옷자락으로 흘러내렸다. 내가 손을 갖다 댈 때마다 그들의 머리가 땅으로 떨어졌다.

나는 도살장 앞으로 다가갔다. 그곳에는 내가 우리 집 맞은편에서 항상 보곤 하는 고물상 노인을 닮은 늙은이가 한 명 있었다. 늙은이는 목을 숄로 둘둘 감은 모습이었고 한 손에는 칼을 들고 있었다. 시뻘건 눈동자로, 마치 누군가 그의 간을 칼로 도려내버린 것처럼 그렇게 시뻘건 눈동자로 늙은이는 나를 빤히 노려보았다. 내가 그의 손에서 칼을 빼앗으려고 하자 그의 머리가 땅으로 떨어져 데굴데굴 굴렀다. 너무도 무서워진 나는 그 자리를 피해 달아났다. 나는 좁은 골목길을 마구 달렸다. 마주치는 사람들은 전부 그 자리에 선 채 미라처럼 바싹 말라 있었다. 뒤돌아보기가 두려웠다. 양아버지의 집 앞에 도착한 나는, 내 아내, 창녀의 어린 남동생이 집 앞 돌계단에 앉아 있는 것을 보았다. 나는 주머니에 손을 넣어 납작한 빵 두 개를 꺼내 그의 손에 쥐어주려고 했다. 그러나 내가 그의 몸에 손을 대자마자 그의 머리가 땅으로 툭 떨어져 데굴데굴 굴렀다. 나는 비명을 지르면서 잠에서 깨어났다.

아직은 새벽빛이 어둠을 완전히 몰아내지는 못했다. 내 심장은 허약하게 뛰었다. 천장의 무게가 머리를 짓누르는 것이 느껴졌다. 벽들도 참을 수 없을 만큼 두꺼워 내 숨통을 조여왔다. 심장이 산산이 부서질 것 같았다. 시야가 희미하게 흐려졌다. 한동안 나는 천장의 들보에 시선을 고정한 채 가만히 있었다. 나는 그것들을 세고 또 세었다. 마침내 눈을 감아버렸을 때, 누군가 들어오는 소리가 들렸다. 방을 쓸러 온 난둔이었다. 나는 침대에서 일어나 창가로 가서 앉았다. 그곳에서는 고물상의 모습을 볼 수 없었다. 하지만 왼쪽 창문을 열면 거기 정육업자의 모습이 보였다. 정육업자의 행동이나 움직임은, 낮은 환기구 구멍을 통해서 내다볼 때는 충분히 위협적이고 육중하고도 묵직해 보였지만, 이처럼 환기구 위의 창에서 내려다보면 이상하게 허둥거리는 것이 불쌍한 인상마저 주었다. 그 남자가 사실은 진짜 정육업자가 아니라 단지 정육업자인 척하고 있을 뿐이라는 인상 말이다. 비참하게 말라빠진 검은 말 두 마리가 폐 깊숙한 곳에서 터져 나오는 메마른 기침을 컹컹 내뱉으며 끌려왔다. 말 등에는 도살된 양이 실려 있었다. 정육업자는 기름기 번들거리는 손으로 자신의 턱수염을 쓰다듬었다. 그는 노련한 구매자의 눈으로 죽은 양을 점검한 뒤, 그중 두 마리를 선택해 가게 안으로 힘들게 들고 가서 갈고리에 걸었다. 그는 양의 허벅다리를 쓰다듬었다. 밤에 자기 아내의 허벅다리를 쓰다듬을 때도 그는 아마 지금의 이 양고기를 생각할 것이다. 그리고 마음속으로는, 이 여자를 도살하면

과연 얼마나 받을 수 있을까, 하고 궁금해하겠지.

방 청소가 끝나자 나는 창가에서 아래로 내려왔다. 나는 결심했다. 무서운 결심이었다. 방 뒤편의 창고로 가 상자 속에서 뼈 손잡이가 달린 칼을 꺼냈다. 칼날을 커튼 자락으로 닦은 다음 베개 아래에 숨겼다. 사실 이 결심은 아주 오래전부터 갖고 있었던 계획이다. 아마도 정육업자가 양의 허벅다리를 조각조각 잘라내 저울에 달고 감탄 어린 눈길로 고기를 응시하는 그 모습이 나로 하여금 오랜 계획을 실행에 옮기도록 해주었을 것이다. 그와 같은 환희의 순간을 나는 절실히 원했다. 창문 아래 환기구를 통해 구름 사이로 드러난 새파란 하늘 한 조각이 보였다. 그곳에 가 닿으려면 까마득히 높은 사다리를 기어 올라가야 하리라. 하늘의 해변에는 죽음을 속에 품은 두꺼운 누런 구름들이 그득히 쌓여 있었다. 구름은 도시 전체를 무겁게 뒤덮은 상태였다.

날씨는 무시무시하면서도 관능으로 충만했다. 내가 왜 몸을 굽혀 절을 했는지 알 수 없다. 바로 이런 날씨는 나에게 죽음에 대한 생각을 가장 강렬하게 불러일으켰다. 그 순간, 죽음의 피투성이 얼굴이 내 앞에서 떠오르고, 죽음의 앙상한 손아귀가 내 목을 조이던 그 순간 나는 결심을 완전히 굳혔다. 나는 창녀도 함께 데려갈 것이다. 그래야 내가 죽은 다음 그녀가 "신이여 그를 축복하소서. 마침내 그가 안식과 평안을 찾았습니다" 하고 기도하는 일이 없을 테니까.

그때 관 하나가 환기구 앞을 가로질러 지나갔다. 검은 천으로 뒤덮인 관 위에는 촛불 하나가 타오르고 있었다. "알라 이외의 신은 없다" 하는 외침이 나를 상념의 바다에서 깨어나게 만들었다. 상인들과 행인들은 각각 일손을 놓고 가던 길을 중단한 채 관 뒤를 따라갔다. 심지어는 정육업자까지도 선행을 할 목적으로 관 뒤를 일곱 걸음 뒤따른 다음에 자신의 가게로 되돌아왔다. 단지 늙은 고물상만이 그 자리에 꼼짝도 하지 않고 앉아 있었다. 사람들은 다들 매우 진지한 표정이었다. 그들은 죽음의 비밀, 저세상의 신비에 대해서 생각하고 있었던 것일까?

유모가 약초 달인 물을 가져왔다. 그녀는 이마에 주름을 짓고 기다란 염주 알을 손가락으로 하나하나 더듬으며 입속으로는 중얼중얼 기도문을 외웠다. 내 방문 앞에서 기도를 마친 그녀는 크게 한숨 소리를 냈다. "신이여!…… 신이여!" 마치 내가 산 자들을 위해 축복을 내려달라고 부탁이라도 한 듯이 말이다. 세상에, 겉치레로 행하는 그런 바보짓들은 내 마음에 아무런 감동을 주지 못했다. 둔감하고 천한 인간들조차—설사 일시적이고 잠시 동안 지나가는 감정에 불과하다고 해도—내가 매일 겪어야 하는 이런 고통과 공포를 단 1초나마 마찬가지로 느낀다고 생각하니 재미있었을 뿐이다. 그런데 내 방은 이미 하나의 관이 아닐까? 항상 이불이 펼쳐져 있어서 나에게 들어와서 누우라고 강요하는 내 침대는 이미 오래전에 무덤보다 더 차갑고 어두운 장소로 변해버리지 않았던가? 이미 오래전부터 나는 침대에 누울 때마다 실제로 관 속에 들어가 눕는다는 느낌이 있었다. 밤이 되면 방은 더욱 협소해지는 것 같았고, 그래서 사방 벽이 내 숨통을 조여오는 것 같았다. 그것이 바로 무덤 속에서 느끼는 감정이 아닐까? 죽은 다음에 어떤 감정을 느끼는지, 그걸 아는 사람이 과연 있을까?

죽은 후 피는 혈관 속에서 굳어가고 어떤 신체 부위는 죽은 지 하루 만에 부패를 시작하지만, 그럼에도 불구하고 머리카락과 손발톱은 사망 이후에도 한동안 계속해서 자라난다. 그렇다면 감정과 인식은 어떠할까? 심장이 멈추면 그것들도 함께 완전히 정지하는 걸까? 아니면 아직 남아 있는 피가 혈관을 타고 흐르는 동안은, 감정과 인식도 잠시 동안이나마 자율적인 삶을 영위하는 걸까? 죽음을 상상하는 것만으로도 충분히 공포스러운 일이다. 그러니 이미 죽은 이들은 얼마나 더 끔찍하고 소름 끼치는 공포와 두려움에 직면하면서 죽어갔겠는가! 입가에 미소를 띤 채로 죽어가는 노인들이 있다. 마치 하나의 꿈에서 다른 꿈속으로 넘어가듯이 자연스럽게, 혹은 기름 램프가 마지막 한 방울까지 말끔히 타버린 후 미련 없이 생을 마감하듯이. 하지만 예상치 못하게 젊어서 죽은 자들, 젊고 힘 있는 신체를 가지고 모든 기력을 다해 오랫동안 죽음과 사투를 벌이다가 죽어가는 자들은 최후에 어떤 감정일까?

그동안 나는 자주 죽음에 대해서, 내 몸의 세포 하나하나가 부패하는 과정에 대해서 의도적으로 자세히 상상해보았다. 그래야 생의 최후에 직면하더라도 더 이상 끔찍함이나 경악을 느끼지 않을 테니까. 하지만 어느새 나는 끔찍함이나 경악을 느끼기는커녕 도리어 소멸을 간절히 바라는 지경에 이르렀다. 나를 두렵게 만드는 것은 오직, 나중에 내 시신의 원자 하나하나가 다른 천한 인간의 원자와 뒤섞여버리는 일, 그 한 가지뿐이다. 그것은 생각만 해도 참을 수 없었다. 내 소망은 죽은 후에 내 손과 손가락이 길고 섬세하게 자라주는 것이었다. 그러면 내 모든 원자를 직접 긁어모아 따로 보관할 수 있을 테니까. 내 육신의 원자들은 오직 나에게 속한 물질이다. 그러므로 어떤 경우라도 타인들의 신체로 섞여 들어가서는 안 된다.

어쩌면 죽음을 앞둔 사람들은 다들 나와 비슷한 생각을 할지도 몰랐다. 불안, 공포, 그리고 삶의 의지마저도 내 속에서 모두 꺼져버렸다. 완전히 사그라져버렸다. 나는 사람들이 내게 주입하려는 모든 종류의 종교적 믿음들을 던져버렸다. 그러자 독특하면서도 안락하고 기분 좋은 평온함이 찾아왔다. 죽음 이후에 그 어떤 희망도 갖지 않음, 이것이야말로 내 최대의 위안이 되었다. 다시 태어난다는 것은 상상만 해도 끔찍했고, 절대로 그러고 싶지도 않았다. 나는 일생 동안 내가 살아온 이 세상에 단 한 순간도 익숙해진 적이 없었다. 그런데 어떻게 또 다른 세상에서 적응해나갈 수가 있겠는가? 이 세상은 나에게 어울리는 장소가 아니었다. 대신 파렴치하고 뻔뻔한 아첨꾼들, 자신이 최고인 줄 아는 노새몰이꾼, 탐욕스러운 거지들, 지상과 하늘의 권력자 들을 숭배하는 인간들, 정육업자의 가게 앞을 떠나지 않고 양고기 한 점을 던져줄 때까지 줄기차게 꼬리를 흔들어대는 그 굶주린 개처럼, 권력자들에게 달라붙어 굽실대며 충성하는 무리에게나 적당한 곳이다. 다음 생에서 다시 태어날 가능성이 있다는 생각만으로도 나는 두려울 지경이다. 절대로 그러고 싶지 않았다. 나는 이 구역질 나는 세상과 인연이 없었다. 비루하고 역겨운 얼굴들을 다시는 만나고 싶지 않았다. 이런 세상을 보여주면서 나에게 미련을 불러일으키려고 하다니, 신은 허풍쟁이, 사기꾼이란 말인가? 솔직히 말해서 만약에 내가 다시 태어나 삶을 한 번 더 통과하는 일을 피할 수 없다면, 적어도 내 지각과 감각이 훨씬 더 무디고 둔감해져 있기를 바라는 심정이었다. 그래야만 힘들이지 않고 호흡할 수 있을 테니까. 그때 나는 링감 사원 기둥의 그늘에서 한평생을 보낼 것이다. 이글거리는 태양빛에 눈이 멀 두려움 없이, 인간 세상의 소음이 내 귀를 어지럽힐 두려움 없이, 링감 사원의 그늘 아래서만 살아갈 것이다.

한겨울 깊숙한 굴을 찾아 기어들어가는 한 마리 짐승처럼 내가 스스로의 생각 속으로만 파고들면 들수록, 타인들의 목소리뿐만 아니라 나 자신의 목구멍에서 터져 나오는 내 목소리까지도 귀에 들려왔다. 고독과 고립은 내 등 뒤에 모습을 감춘 채 숨어 있었다. 목소리들은 끈끈하고 밀도 높은 전염성의 어둠으로 이루어진 밤처럼, 아무도 살지 않는 도시를 덮치려고 잠복하면서 기회를 엿보는 밤처럼, 욕정과 복수의 욕구만이 광란하는 꿈으로 채워진 밤처럼, 서로를 밀치며 서로 앞서 나오려고 아우성이었다. 그렇지만 내 목구멍, 사실상 나 자신과 다름이 없는 내 내면의 목소리는 이렇게 속삭이는 것이다. 내 존재는 오직 부조리에 대한, 두 인간이 고독하기 때문에 무조건 동침을 할 수밖에 없게 만드는 강제적 힘에 대한 일종의 증거에 불과하다고. 그런 이해할 수 없는 부조리함은 모든 인간 안에 존재하며, 슬픔과 함께 인간을 결국 죽음의 구렁텅이로 몰아갈 뿐이다. 오로지 죽음만이 거짓을 말하지 않는다!

죽음의 현존은 모든 종류의 미신적 믿음을 물리쳐버린다. 우리 모두는 죽음의 아이들이다. 죽음이야말로 삶이 던지는 달콤한 유혹의 속임수로부터 우리를 구원해주는 유일한 수단이다. 죽음은 삶의 심연에서 우리를 건져내어 자신의 품에 거두어주는 존재이다. 우리가 늙어 인간의 언어를 거의 이해하지 못하는 나이에 이르면, 갑자기 하던 동작을 멈추고 가만히 있는 나이에 이르면, 그것이 바로 죽음의 목소리를 알아차리게 되었다는 신호이다…… 사실 죽음은 인생의 모든 단계에서 우리에게 손짓을 보내오고 있다. 누구나 다 그런 경험이 있지 않은가. 갑작스럽게, 이유도 없이 깊은 생각 속으로 까마득하게 침몰해버리는 경험, 너무 깊이 생각에 몰두하여 자신이 있는 시간과 공간을 다 잊어버리고, 나중이 되면 그때 무슨 생각을 했는지조차 기억할 수 없게 되는 것, 그리고 다시금 외부 세계를 인식하고 원래의 상태로 되돌아오기 위해서 안간힘을 써야만 했던 경험이 다들 한 번씩은 있지 않을까?

땀 냄새 흠뻑 배인 이 침대에 누우면, 내 무거운 눈꺼풀이 내리덮인다. 영원한 무의 밤에게 나를 맡기고 싶어진다. 그럴 때면 오래전에 망각한 기억이 되살아나면서 그와 함께 오싹한 공포 또한 고개를 쳐든다. 베개 속의 깃털 하나하나가 반달형 검으로 변해버리는 상상, 잠옷의 단추 하나하나가 맷돌로 변해버리는 상상 때문이다. 납작한 빵 한 조각이 바닥에 떨어지면서 유리처럼 쨍그랑 산산조각이 나버릴 듯한 두려움, 램프의 기름이 내가 잠든 사이 바닥으로 흘러서 도시 전체를 불바다로 만들고 말 것 같은 걱정, 혹은 정육점 앞의 굶주린 개가 앞발로 땅바닥을 디딜 때 말발굽처럼 또각또각 소리가 울릴 것 같은 초조함. 고물상 노인이 잡동사니들을 늘어놓고 그 앞에서 억제할 수 없는 웃음을 와락 터뜨릴지도 모른다는 상상만으로도 내 심장은 불안하고 거세게 뛰었다. 집 안 하수구에 사는 조그만 지렁이들이 어느 날 갑자기 인도의 뱀으로 변해버릴지도 모른다는 불안, 묘석으로 돌변한 내 침대가 한 바퀴 크게 회전하면서 내 턱뼈를 짓눌러 부수어버릴지도 모른다는 공포를 나는 항상 갖고 있었다. 나는 살려달라고 구조를 요청하는 도중에 갑자기 목소리가 사라져버릴까 봐 그것이 늘 두려웠다……

항상 나는 어린 시절의 기억을 되살려내고 싶다는 소망이 있었다. 하지만 그 소망이 이루어지자마자 기억과 더불어 어린 시절 공포와 불안의 감각도 함께 되살아나는 것이다.

이 기침, 정육점 앞의 검고 비루먹은 말들의 기침과 똑같이 들리지 않는가! 달라붙은 가래를 뱉어내야 한다는 강박과, 가래침에 피도 함께 섞여 나올지도 모른다는 무서운 걱정!―피, 육체의 깊숙한 곳에서 솟아나 미지근한 상태로 유동하는 소금기 있는 즙, 이 생명의 액체를 토해버리다니! 죽음은 여전히 위협의 이빨을 들이대며, 아주 작은 희망 한 조각도 남아 있지 못하게 생각이란 생각은 모조리 발로 짓밟아 뭉개버린다. 차가운 소름이 등줄기를 스치고 지나간다.

무정하고 냉혹하게 삶은 모든 인간의 얼굴에서 가면을 벗겨버린다. 인간은 누구나 가면을 뒤집어쓴 채 살고 있는 것이 확실하다. 시간이 흐를수록 가면은 당연히 더러워지고 주름이 생기지만, 그래도 대부분의 인간은 계속해서 그것을 쓰고 다닌다. 그들은 낭비가 싫기 때문이다. 다른 부류의 인간들은 다음 세대를 위해서 가면을 보관해둔다. 그리고 마지막으로, 늘 다른 가면을 써야만 직성이 풀리는 부류가 있다. 하지만 그들도 어느 일정 나이에 이르게 되면 어쩔 수 없이 깨닫는다. 이제 자신들에게 남은 것은 단 하나의—그리고 최후의—가면뿐이라는 것을. 최후의 가면도 역시 빠르게 늙어가고 닳아버리는 것은 마찬가지다. 그리고 이 최후의 마스크가 소멸하고 남은 자리에 드러나는 것이 그들의 진정한 얼굴이다.

내 방의 벽들에서 어떤 정체 모를 부패의 기운이 뿜어져 나오기에 내 머릿속에 드는 생각이 이처럼 모조리 사악한 독으로 물들어 있었는가. 예전에 이 방에는 정신이 돌아버린 미치광이 범죄자가 살았던 것이 틀림없다. 하지만 독기는 벽에서만 나오는 것이 아니었다. 방에서 내다보이는 창밖의 광경들, 정육업자, 고물상 노인, 유모, 창녀와 그 밖에 내가 마주치는 다른 사람들 모두, 게다가 내가 보리 수프를 떠먹는 그릇, 내가 걸친 옷가지까지, 모든 사람과 사물이 결탁하여 나를 음해하고 저주했다. 그래서 나로 하여금 이런 생각을 하지 않을 수 없도록 만든 것이다.

얼마 전 저녁때, 목욕탕 앞쪽 대기실에서 나는 문득 아주 기묘한 느낌이 들었다. 탕 안에서 목욕 지도사가 내 머리 위로 물을 부었는데, 그것이 마치 내 검은 생각들을 씻어내주는 행위처럼 느껴진 것이다. 나는 물에 젖어 축축하게 반들거리는 벽에 비친 내 그림자를 바라보았다. 그림자는 마치 10년 전의 어린 나처럼 여위고 허약해 보였다. 나는 10년 전, 수증기로 뒤덮인 목욕탕 벽에 내 그림자가 비쳤던 어느 날을 똑똑하게 기억할 수 있다. 나는 주의 깊게 내 신체를 관찰해보았다. 허벅지, 종아리, 성기. 그것들은 모두 절망과 닮은 어떤 쾌락의 증거들이었다.

내 그림자는 10년 전의 내 모습을 고스란히 비춰주고 있었다. 내가 살아온 삶이란 것이, 지금 목욕탕 벽에서 펄럭거리는 그림자처럼, 목적도 방향도 없는 무의미한 헤맴에 불과했다는 느낌이 들었다. 나와는 대조적으로 목욕탕의 다른 남자들은 다들 튼튼하고 힘이 좋고 강해 보였다. 보나마나 목욕탕의 젖은 벽에 비친 저들의 그림자는 내 그림자보다 훨씬 더 클 것이고, 금세 사라져버리는 내 그림자보다 훨씬 더 오랫동안 자신의 자취를 남겨놓을 것이다. 하지만 목욕을 마치고 탈의실에서 옷을 입고 있으니 내 동작, 내 표정, 내 생각은 다시 원래대로 회복되었다. 이제 다시 역겨운 세상으로 되돌아가는 과정에서 목욕 이전과 마찬가지로 바뀌어버린 것이었다. 사정이야 어떻든 간에, 나는 내 삶으로 되돌아왔다. 내가 목욕탕의 수증기 속에서 한 줌의 소금처럼 스르르 녹아 사라져버리지 않았다는 것이 기적처럼 느껴졌다.

내 삶은 부자연스럽고, 불가해하며, 비현실적이었다. 마치 지금 내가 사용하고 있는 필통에 그려진 그림처럼. 아마도 이 필통 그림은 광기를 앓고 있던 어떤 우울한 화가가 그린 것이 틀림없으리라. 이 그림을 볼 때마다 나는 그 옛날 어디선가 이 그림과 같은 장면을 실제로 목격한 듯하다. 아마도 그것이야말로 지금 나로 하여금 이 글을 쓰게 만든 진짜 계기일지도 모른다. 필통에는 사이프러스 나무 한 그루가 그려져 있었다. 그 나무 아래에는 인도의 요기를 닮은 곱사등이 노인이 앉아 있었다. 커다란 외투로 몸을 칭칭 감고 머리에는 터번을 쓴 노인은 뭔가에 놀란 몸짓으로 왼손 집게손가락을 입술에 갖다 댄 모습이었다. 그의 맞은편에는 검고 긴 옷을 입은 한 소녀가 춤을 추고 있었다. 소녀의 유연한 몸짓은 참으로 놀라웠다. 어쩌면 그녀는 부감 다시일지도 몰랐다. 소녀의 손에는 메꽃 한 다발이 들려 있었다. 두 인물 사이에는 가느다란 시내가 가로놓였다.

석탄화로 앞에 쪼그리고 앉아 아편을 피울 때마다 내 검은 생각은 곱디고운 천상의 연기에 섞여 허공으로 흩어져버리곤 했다. 내 육신은 생각하고, 꿈을 꾸었다. 지상의 중력과 고통에서 완전히 해방되고 정화된 육신은 허공을 훨훨 날아다녔다. 육신은 마침내 오묘한 색채와 신비한 장면들로 가득한 비밀의 세상으로 날아갔다. 아편은 내 육신에게, 식물의 영혼과 더불어 식물들이 갖는, 거의 알아차리지 못하는 움직임까지도 불어넣었다. 나는 식물들의 세상을 방랑했고, 나 자신 스스로 식물이 되었다. 그렇게 석탄 화덕과 가죽 덮개 앞에 쪼그리고 앉아 외투를 어깨에 뒤집어쓴 채 홀로 몽롱한 꿈속을 헤매일 때면, 이유는 알 수 없으나, 항상 고물상 노인이 머리에 떠오르곤 했다. 그 노인 또한 나처럼 바로 이런 자세로 넝마 부스러기들을 앞에 두고 쪼그리고 앉아 있었기 때문일까. 그런 생각이 들면 기분이 나쁘면서 두려워졌다. 자리에서 일어선 나는 외투를 방구석에 치워놓고 거울 앞에 섰다. 내 뺨이 석탄처럼 타고 있었다. 뺨은 아주아주 새빨개서, 마치 정육점에 걸려 있는 고깃덩이같이 새빨개졌다. 수염도 전혀 다듬지 않았는데도 불구하고 내 얼굴은 어딘지 모르게 위엄이 서려 있고 매력적이었다. 병색이 완연한 내 눈빛은 지치고 고통에 시달린 기색이 역력했는데, 그럼에도 불구하고 어린아이같이 빛나고 있었다. 지상의 인간에게 부여된 모든 고난의 짐이 그 안에서 완전히 해소된 눈빛이었다. 나는 내 얼굴이 마음에 들었다. 내 얼굴을 바라보고 있는 것만으로도 모종의 쾌락이 느껴졌다.

나는 거울 앞에 선 채 스스로에게 중얼거렸다. "너의 고통이 깊고도 깊구나. 그래서 눈빛 깊숙한 곳에 스며들어버렸어. 네가 울면, 바로 그 고통의 심연에서 눈물이 솟아나겠지. 그 심연이 없다면, 넌 아예 눈물도 없는 채로 울게 되겠지."

그리고 다시 이렇게 중얼거렸다. "너는 바보다. 도대체 아직도 무얼 더 바랄 게 있다는 거냐? 언제쯤에야 너는 네 주변 사람들을 너라는 짐으로부터 해방시켜줄 생각이냐? 삶에서 기대할 게 무엇이 더 있는가? 선반 위의 포도주 병이 너를 기다리고 있지 않은가? 한 모금만 꿀꺽 마시면, 너는 금세 모든 산맥 너머로 가 있게 될 터인데…… 이 바보천치. 넌 정말로 바보다…… 내가 허공에다 대고 지껄이고 있단 말인가!"

제멋대로 뒤엉킨 생각들이 뒤죽박죽으로 머릿속에서 춤을 추었다. 나는 목구멍 속에서 울리는 스스로의 목소리를 듣기는 했지만 그 말의 의미는 전혀 이해하지 못했다. 내 목소리는 머릿속에서 다른 목소리들과 섞이며 증폭되었다. 열병을 앓던 시절에 그랬던 것처럼, 지금 내 손가락이 그때처럼 비정상적으로 커다랗게 보였다. 눈꺼풀이 무거워졌고 입술이 부풀어 올랐다. 몸을 돌리자 거기 문 앞에 유모가

서 있는 것이 보였다. 나는 큰 소리로 웃음을 터뜨렸다. 유모의 얼굴은 조금도 변함없이 무표정하게 굳어 있었을 뿐이다. 광채 없이 흐릿한 눈동자로 아무런 동요 없이, 화내거나 절망하지도 않은 채 나를 빤히 바라보기만 했다. 나는 갑작스러운 이상한 돌발 행동을 종종 하는데, 그건 때로 유쾌한 분위기를 만들기도 했다. 하지만 지금 내 웃음은 그런 차원이 아닌, 좀더 심오한 다른 이유가 있었다. 그 이유란 명확하게 설명하기 힘들다. 깜깜한 암흑 속으로 사라져버린, 이해할 수 없는 어떤 일들과 연관이 있는 것이었다. 내 웃음은 죽음의 몸짓이었고, 죽음에 속한 초월적인 행위였다. 유모는 석탄화로를 집어 들더니 단호한 발걸음으로 방을 나가버렸다. 나는 이마의 땀을 닦아냈다. 내 손바닥에는 하얀 반점들이 생겨 있었다. 나는 벽에 기대서서 머리를 기둥에 갖다 댔다. 기분이 한결 나아졌다. 그래서 나는 노래를 흥얼거렸다. 어디선가 한번 들은 적이 있는 노래였다.

술 마시러 가게 내버려둬
우리는 라이 왕국의 포도주를 마실 거니까!
지금 안 마시면 언제 마시겠는가?

언제나, 어떤 위기가 닥칠 때마다, 나는 이미 한참 전부터 그것을 미리 느끼곤 했다. 나 자신만이 감지하는 독특한 내면의 동요가 일면서, 끝없이 깊은 슬픔에 잠식당한 것이다. 태풍이 다가오기 직전의 대기처럼 심장이 조여왔다. 현실의 세계가 점점 멀어지고, 나는 지상으로부터 까마득히 먼 시간인 영롱한 우주에서 새로이 살아가게 되었다.

나는 내가 두려웠다. 다른 어떤 인간보다도 나 자신이 두려웠다. 아마도 이런 감정은 내 병이 원인인 듯했다. 병은 내 정신을 무서우리만큼 약하게 만들었다. 환기구를 통해 정육업자와 고물상 노인의 모습을 흘깃 보는 것만으로도 겁이 나서 몸을 덜덜 떨었다. 그들의 동작이나 그들의 얼굴에는 뭔가 나를 소름 끼치게 하는 요소가 깃들어 있었다. 더구나 유모는 어느 날 정말로 경악스러운 얘기를 들려주었다. 예언자와 모든 성인의 이름을 걸고 맹세하건대, 밤에 내 아내의 침실로 숨어들어가는 그 고물상 노인을 목격했다는 것이다. 그리고 창녀가 노인에게 이렇게 말하는 소리도 들렸다고 했다. "숄을 벗어요!" 정말이지 믿을 수 없다!

2~3일 전, 내가 고래고래 비명을 질렀던 날, 아내는 내 방문 앞으로 와서 방 안을 엿보았다. 나는 문틈으로 똑똑히 보았다. 아내의 뺨에 선명히 난 자국을, 고물상 노인의 누

렇게 썩은 더러운 이빨이 아내의 뺨에 남겨놓은 흔적을. 그 이빨 사이로 노인은 『코란』 구절을 암송하곤 했다. 무엇 때문에 노인은 우리 집 바로 앞에다 고물 노점을 차린 것일까? 그것도 하필이면 내가 창녀와 결혼한 바로 그날부터 말이다. 어쩌면 그는 창녀의 늙은 애인일지도 모른다. 결혼식 날, 나는 그에게로 가서 골동품 꽃병의 가격을 물어보았다. 노인이 얼굴에 두른 숄을 풀자 언청이 입술과, 그 아래 벌레가 파먹어 시커멓게 썩어 있는 이빨 두 개가 드러났다. 그는 큰 소리로 웃었다. 바싹 메마르고 듣기 싫은 웃음소리여서 나는 머리카락이 쭈뼛 곤두서는 듯했다. 그가 말했다. "보지도 않고 사겠단 말인가? 네게는 필요 없는 건데. 하지만 그래도 줄게. 행운을 가져오는 물건이거든." 그리고 늙은이는 다시 한 번 더 강조하며 말했다. "네게는 필요 없는 물건이지. 하지만 그래도 네게 행운을 가져다줄 거야." 나는 주머니에서 2데르함과 4파시즈*를 꺼내 그의 깔개 위에 놓았다. 그러자 노인은 다시 웃음을 터뜨렸다. 너무나 기분 나쁜 웃음소리에 머리카락이 쭈뼛 곤두서는 듯했다. 나는 너무나 수치스러운 나머지 땅속으로 꺼져버리고 싶었다. 두

---

* 둘 다 고대에 사용되던 동전 이름이다.

손으로 얼굴을 가린 채 나는 그 자리에서 도망쳤다.

노인 앞에 펼쳐진 오래된 넝마와 잡동사니에서는 비릿한 녹청 냄새가 풍겼다. 삶으로부터 밀려난, 부패하고 더러운 물건들이 내뿜는 냄새였다. 아마도 노인은 그런 삶의 찌꺼기를 일부러 사람들의 눈앞에 펼쳐놓는 것일지도 몰랐다. 그 역시 삶으로부터 쫓겨난 사람에 속했던 것일까? 그가 내놓고 있는 물건들은 모두 죽은 상태이고, 더럽고, 낡아빠진 것뿐이었다. 하지만 그럼에도 불구하고 그것들은 의미심장한 형체를 유지한 채 독하게 삶을 붙들고 늘어지는 중이다. 그의 죽은 물건들은 지금껏 그 어떤 살아 있는 생명체도 주지 못한 강한 인상을 나에게 남겼다.

난듄이 전해준 소식은 그것뿐이 아니었다. 그 노인은 참으로 지저분한 거지라는 것이다! 유모의 말에 따르면, 아내의 침대는 이투성이가 되어버렸고, 그래서 아내는 나중에 목욕을 해야만 했다. 젖어서 번들거리는 목욕탕 벽에 비친 그녀의 그림자는 어떤 모양이었을까? 분명 자신감과 관능 넘치는 요염한 모습이었겠지. 그런데 이번에 아내가 선택한 애인은 내 마음을 어느 정도 흡족하게 했다. 고물상 노인은 평범한 남자가 아니며, 개성도 없이 건들거리기나 하는 뒷골목 건달들과는 다른 종류의 인간이었기 때문이다. 머리가 텅 빈 헤픈 여자들이나 그런 건달을 보고 마음이 혹하는 법이니까. 세포 하나하나마다 고통이 스민 표정, 얼굴과 손등 피부 겹겹이 층을 이룬 주름과 굳은살이 보여주는 고통, 그의 주변에 잔뜩 서려 있는 쇠락과 빈곤의 기운은 고물상 노인에게, 본인 자신은 아마도 전혀 알아차리지 못하겠지만, 마치 반신반인과 같은 인상을 부여해주었다. 그리고 그가 깔개 위에 펼쳐놓은 더러운 잡동사니들은 마치 창조를 상징하는 것처럼 느껴졌다.

그렇다. 나는 누렇고 더러운 그의 썩은 이빨 두 개가, 『코란』 구절을 아랍어로 낭송하는 그 입이, 내 아내의 뺨에 남겨놓은 자국을 보았다. 나를 가까이 다가오지도 못하게 하면서 철저하게 우롱하는 내 아내의 뺨에. 비록 아내는 내게 단 한 번의 입맞춤조차 허용하지 않았지만, 그래도 나는 그 여자를 사랑했다.

태양빛이 희미해졌다. 우울한 멜로디의 북소리가 둥둥 울렸다. 대대로 이어져 내려온 미신과 암흑의 공포를 불러일으키는, 애원하는 듯한 굴종의 소리였다. 이미 위기는 내 눈앞에 성큼 다가왔고, 나는 거기서 빠져나올 수 없었다. 내 온몸은 머리부터 발끝까지 석탄처럼 이글이글 달아올랐고 나는 숨이 막혀왔다. 침대에 풀썩 쓰러진 나는 눈을 감왔다. 열 때문에 헝클어지고 혼란스러워진 내 감각에 모든 사물이 평상시보다 더욱 커다랗게, 윤곽이 와해된 상태로 다가왔다. 방 천장은 내려앉는 것이 아니라 공중으로 더욱 높이 솟구쳤다. 입고 있는 옷들이 견딜 수 없을 만큼 갑갑하게 꼭 낀다는 느낌에 질식할 것 같았다.

그래야 하는 특별한 이유도 없이 나는 다시 몸을 일으켜 침대에 걸터앉았고, 이렇게 중얼거렸다. "더 이상은 안 돼……이제는 참을 수 없어……" 그러다 갑자기 입을 다물고 침묵했다. 잠시 후, 이번에는 큰 소리로, 아주 냉소적인 어조로 똑똑하게 말했다. "이렇게는 안 돼……" 그리고 덧붙였다. "나는 바보다." 하지만 나는 내가 하는 말의 의미를 심각하게 받아들이지는 않았다. 단지 내 목소리가 허공으로 울려 퍼지는 것이 재미있었을 뿐이다. 아마도 나는 고독을 몰아내기 위해서, 내 그림자와 대화를 하고 싶은 건지도 몰랐다. 그런데 그때, 믿기 힘든 일이 일어났다. 방문이 열리더니 창녀가 들어온 것이다. 그녀도 간혹은 내 생각을 했단 말인가? 그 정도만이라도 나는 감사의 마음으로 가슴이 벅찼을 것이다. 그녀도 알고 있었다. 내가 아직은 살아 있다는 것을, 그리고 내가 하루하루 고통을 견디고 있으며, 그러다가 이제 곧 죽으리라는 것도. 그런데 내가 그녀를 위해서 죽는다는 것, 그것도 그녀는 알고 있었을까? 그녀가 그것을 알게 된다면 나는 평화롭고 기쁜 마음으로 죽을 수 있으리라. 그녀가 그것을 알아준다면 나는 가장 행복한 인간으로 죽어갈 수 있으리라. 창녀가 내 방 안으로 들어서자 나를 점령하고 있던 검은 생각들은 순식간에 자취를 감추어 버렸다. 그녀의 동작, 그녀의 자태에서 어떤 정체불명의 기운이 풍겨져 나오기에 내 마음을 안정시키는 그런 놀라운 효력이 발생하는가. 신기한 일이었다. 그녀는 평소보다 더욱 아름다워 보였다. 더욱 풍만하고 더욱 완숙해 보인 것이다. 그녀는 투스*산 치마를 입었다. 눈썹은 가지런히 정리를 했으며 미인 점을 찍었고 얼굴과 눈에는 짙은 화장을 했다. 한마디로 말해서, 과장된 수준의 몸단장을 하고 내 방으로 들어선 것이다. 그녀는 자신의 삶에 만족하고 있다는 인상을 주었다. 무의식중에 그녀는 왼손 집게손가락을 입술에 갖다 댔다. 정말로 그녀는 내가 어린 시절 수렌 강변에서 술래잡기를 하면서 놀았던, 그 연하고 사랑스러운, 검은 옷을 입은 천상의 그 여인이 맞단 말인가? 어린아이처럼 한없이 싱그럽고 활짝 피어난 표정, 그러면서도 고혹적인

---

* 이란의 고대 도시.

발목이 치맛자락 아래로 언뜻언뜻 내보이던 바로 그 여인이? 사실을 말하자면 나는 지금껏 그녀의 모습을 충분히 자세하게 관찰한 적이 없었다. 그런데도 그 순간 나는 마치 눈꺼풀 위의 비늘이 뚝 떨어져 나간 것처럼, 그녀가 오직 하나의 고깃덩이로만 보였다. 정육점 갈고리에 걸려 있던 죽은 양의 축 늘어진 몸뚱어리 말이다. 그런데 왜 하필이면 바로 그 고깃덩이가 떠올랐는지, 그 이유는 알 수 없다. 그녀는 예전에 갖고 있던 매혹과 신비를 잃어버렸다. 지금은 단지 남자 경험이 풍부한, 분을 덕지덕지 칠한 여인네에 지나지 않았다. 오직 자기 자신의 삶에 대해서만 생각할 줄 아는, 처음부터 끝까지 오직 하나의 여인에 불과한 인간, 그것이 바로 내 아내였다. 나는 놀라운 눈으로 그녀를 지켜보았다. 내가 어린아이로 머물러 있는 동안에 그녀는 어느새 저만큼 성장하고 성숙해버린 것이다. 솔직히 그녀의 얼굴을 바라보고 눈을 마주하니 수치스러운 마음이 들었다. 그녀가 다른 애인에게 몸을 허락하는 동안 나는 어두운 방 구석에서 그녀의 어린 시절이나 떠올리고 있지 않았던가. 그녀의 얼굴이 어린아이의 연함을 간직하던 시절, 사랑스럽게 피어 있던 시절, 그리고 고물상 노인이 그녀의 뺨에 누런 이빨 자국을 아직 남기기 이전의 시절을 회상하면서 애써 마음의 위안을 삼고 있지 않았던가. 그렇다. 이 여자는 내가 어린 시절에 알던 그 소녀와 동일 인물이 아니었다.

냉소적인 어투로 그녀가 물었다. "몸은 좀 어때요?"

내가 대답했다. "당신은 자유로운 몸이 아니었던가? 하고 싶은 것만 다 하고 살잖아. 그런 당신이 왜 내 건강 따위에 신경을 쓰는 거지?"

그러자 그녀는 뒤돌아보지도 않고 곧바로 방을 나가버렸고, 그녀의 등 뒤에서 문이 닫혔다. 아마도 나는 그동안 사람들과 대화하는 법, 특히 살아 있는 사람들과 대화하는 요령을 잊어버린 것이 분명했다. 감정이라곤 하나도 없어 보이는 그녀조차 내 태도로 인해서 상처받은 것이다. 몇 번이나 나는 자리에서 일어나 그녀에게 가보려고 했다. 가서 그녀의 발아래 엎드려 눈물을 흘리며 용서를 빌려고 했다. 나는 정말로 울고 싶었다. 눈물을 흘리면 마음이 좀 가라앉을 것 같았다. 하지만 몇 분이 흐르고, 몇 시간이 흐르고, 어쩌면 수백 년이라는 시간이 헛되이 흘러가버렸을지도 모른다. 나는 마음이 광기에 다가가는 것을 느꼈다. 하지만 동시에 고통과 아픔은 내 안에서 묘한 쾌락을 불러일으켰고, 신들조차도—신들이 정말로 있다는 전제하에서—향유하지 못할 초인적인 열락의 도가니로 나를 몰고 갔다. 이것은 오직 나만이 느낄 수 있는 상태였다. 이제 나는 깨달았다. 나라는 인간은 타인들과는 근본적으로 다른 종류임을, 나는 천박한 무리, 자연, 그리고 신들보다도 더욱 월등한 존재임을. 사실 신이란 인간의 감각적 욕구가 만들어낸 산물에 불과하다. 나는 신이 되었다. 아니, 신보다 더 위대한 존재가 되었다. 내 안에서 도도하게 흐르는, 끝없이 영원한 강물을 느꼈기 때문이다……

그녀는 내게 다시 돌아왔다. 내가 생각한 것처럼 그렇게 냉혈한 여자는 아니었던 모양이다. 나는 일어서서, 그녀의 옷자락에 열정적으로 입을 맞추었고, 기침을 쿨럭쿨럭 터뜨리면서 그녀의 발치에 엎드려 내 얼굴을 그녀의 다리에 문지르면서 몇 번이고 반복해 그녀의 진짜 이름을 부르고 또 불렀다. 그녀의 진짜 이름은 독특한 음악적인 울림이 있었다. 하지만 내 마음 깊은 곳에서는, 마음 아주 깊은 심연에서는 그녀를 향해 단지 '창녀…… 창녀……'라고 음산하게 중얼거렸을 뿐이다. 나는 그녀의 복사뼈를 껴안았다. 그녀의 복사뼈에서는 오이 꼭지처럼 씁쓸하고 진한 풀 맛이 났다. 나는 울면서 그녀의 복사뼈를 핥았다. 얼마나 오래 그러고 있었는지는 알 수 없다. 정신을 차리고 보니 그녀는 이미 내 방을 나간 다음이었다. 오직 짧은 찰나의 순간 동안 나는 인간으로서 느끼는 모든 종류의 쾌락, 모든 종류의 은밀한 다정스러움, 그리고 모든 종류의 고통을 경험한 것이다. 다시 나는 혼자가 되었다. 아편을 피울 때 석탄화로 앞에 쪼그리고 앉듯이, 나는 연기가 피어오르는 기름 램프 앞에 쪼그리고 앉았다. 내 모습은 잡동사니들을 펼쳐놓고 그 앞에 구부정하게 앉은 고물상 노인과 흡사했다. 나는 꼼짝도 하지 않고 앉아 눈앞의 램프만 뚫어져라 쳐다보았다. 램프의 검댕이 흩날리면서 검은 눈송이처럼 내 얼굴과 손등에 자욱하게 내려앉았다. 저녁식사로 보리 수프와 닭고기가 든 쌀밥 그릇을 들고 내 방으로 들어선 유모는 찢어지는 비명을 내지르며 한 걸음 뒤로 물러섰고, 그 와중에 음식을 놓은 쟁반이 바닥에 떨어졌다. 나는 유모를 놀라게 만들었다는 사실이 신기하고 재미가 있었다. 나는 일어서서 기름 램프의 심지를 조금 잘라낸 후 거울 앞으로 갔다. 검댕이 가득 묻은 손으로 얼굴을 마구 문질렀다. 얼마나 흉측한 모습인지! 손가락으로 아래 눈꺼풀을 밑으로 죽 당겼다가 다시 올리고, 입을 옆으로 쫙 벌어지게 했다가, 뺨에 바람을 넣어 불룩하게 만들고, 수염 끄트머리를 위로 잡아 올렸다가 아래위로 흔들어댔다. 얼굴을 다양한 모양으로 일그러뜨리며 오만 가지 기괴한 표정을 만들어 보였다. 그런데 내 얼굴이 차가운 경멸과 섬뜩한 표정에 정말로 잘 어울리는 것이 아닌가! 아마도 그동안 내 안에 숨어 있던 흉하고 사악하고 우스꽝스러운 형상들이 전부 다 밖으로 튀어나온 듯했다. 그래서 그런지 나에게는 그것들이 하나도 낯설지 않았다. 전부 다 내 안에서 이미 살고 있었던 것들이 아닌가. 지금 하나하나 밖으로 드러내서 보니 웃기고 괴이쩍게 느껴질 뿐이다. 그것들은 원래 내 안에 있었다. 원래 나의 일부였다. 손가락으로 살짝 얼굴을 건드리기만 해도 무섭고 범죄적인 얼굴에서 괴물의 얼굴로, 또 한심하고 처량한 얼굴로 인상이 바뀌었다. 그것들은 『코란』 구절을 중얼중얼 암송하는 늙어빠진 고물상의 얼굴, 정육업자의 얼굴, 그리고 내 아내의 얼굴이었다. 그들 모두의 거울 속 얼굴이 내 안에 머물러 있었던 것만 같았다. 나는 그동안 그들의 얼굴을 속에 품고 살았던 것이다. 하지만 그 얼굴 중 어떤 것도 진짜 내 모습은 아니었다. 내 존재는 어디서 왔을까? 비밀스러운 충동, 병적인 신경질, 남녀의 교접, 세대를 거듭하며 유전된 절망만이 그득한 이것이 내 기원이 아니라면, 내 존재의 고향은 어디이며, 내 얼굴의 참된 인상은 어디에 있을까? 나는 이런 짐스러운 유산들을 몸 안에 보존해야 하는 저주받은 운명의 당사자가 아닐까? 어떤 터무니없이 미친 감정이 나를 충동질하여, 그런 흉측하고 기괴한 표정을 얼굴에 모두 간직하도록 만든 것일까? 죽은 다음에야 나는 이런 의무에서 해방될 수 있으리라. 죽은 다음에야 나는 병적인 광증에서 해방되고, 그런 이후에야 내 얼굴은 자신의 진정한 인상을, 원래 자신에게 주어졌던 본래의 인상을 되찾을 수 있으리라.

하지만 모를 일이다. 비웃고 경멸하는 마음에서 만들어 낸 그 표정들이 어느새 완전히 피부에 파고들어서, 더 깊고 더 강한 인상으로 내 얼굴에 각인되어버렸는지. 어쨌든 간에 내가 할 수 있는 일이 무엇인지, 내 재능이 무엇을 위해서 있는지 나는 비로소 깨달았다. 나는 갑자기 날카로운 웃음을 크게 터뜨렸다. 이 얼마나 앙상하고 소름 끼치며 기분 나쁜 웃음인지! 내 머리카락이 공중으로 쭈뼛 곤두섰다. 내 웃음소리는 마치 다른 사람의 것처럼 낯설게 들렸다. 그것은 내 목구멍의 아득한 심연에서 울리는 웃음소리였다. 그것은 내 귀의 밑바닥을 무섭게 위협하며 두드려댔다. 곧이어 나는 기침을 하기 시작했다. 피가 터져 나왔다. 마치 간의 한 조각이 찢겨서 밖으로 튀어나온 듯한 시뻘건 덩어리가 거울에 튀었다. 나는 손가락으로 거울 표면의 핏자국을 넓게 문질렀다. 몸을 돌리자, 거기에 유모가 서 있었다. 달처럼 창백하게 질린 얼굴로, 머리카락은 헝클어진 채, 손에는 조금 전 나에게 가지고 왔던 그 보리 수프 그릇을 들고 있었다. 유모는 겁에 질린 눈빛으로 나를 뚫어져라 응시했다. 나는 두 손으로 얼굴을 가리고 방 뒤편 창고로 뛰어들어가 커튼 뒤로 숨었다.

나는 잠들고 싶었다. 내 머리 주변으로는 어느새 이글거리는 불의 고리가 형성되어 두개골을 아프게 짓눌러대는 중이었다. 램프 그릇에 백단향 기름을 붓자 맵고 자극적인 향기가 코끝을 찔렀다. 그것은 내 아내의 종아리에서 나는 냄새를 연상시켰다. 내 입속에는 오이 끄트머리의 살짝 씁쓸한 풀 맛이 맴돌았다. 나는 내 몸을 더듬어보았다. 신체 각 부위를, 허벅지와 종아리, 팔을 아내의 그것과 비교해보았다. 그녀의 허벅지 모양과 허리 선의 윤곽, 그녀 몸의 온기가 생생한 감각으로 기억났다. 단순히 상상으로만 나타난 것이 절대 아니었다. 나는 미칠 듯이, 말도 못할 만큼 그녀가 그리웠다. 그녀의 몸을 내 몸 가까이에 두고 싶은 열망이 폭풍우처럼 휘몰아쳤다. 단 한 번의 움직임, 단 한 번의 결심만으로 이 관능적인 흥분 상태에 종지부를 찍을 수도 있었다. 하지만 머리 주변에서 이글거리며 불타는 고리가 점점 더 뜨겁게 점점 더 강하게 조여왔으므로, 나는 낯설고

흉측한 형상들만이 가득 떠다니는 유일한 바다에서 어디로 가야 할지 알지 못한 채 헤매고 있었다.

여전히 밖은 어두웠다. 술 취한 경찰관들이 떠들썩하게 지나가는 소리가 내 잠을 깨웠다. 그들은 천한 욕설을 지껄여댔고, 고래고래 노래를 부르며 골목길을 지나갔다.

술 마시러 가게 내버려둬
우리는 라이 왕국의 포도주를 마실 거니까!
지금 안 마시면 언제 마시겠는가?

그때 문득 생각이 났다. 아니 생각이 났다기보다는 차라리 운명의 계시처럼 떠올랐다. 내 방 뒤편 창고 선반에 포도주가 한 병 있는데, 그것은 코브라의 독이 들어 있는 포도주였다. 그것을 딱 한 모금만 삼키면 이 세상의 모든 악몽은 씻은 듯 사라질 것이 분명했다…… 하지만 그러면 창녀는……? 이 단어를 떠올리자 내 욕망은 더욱 거세게 활활 타올랐다. 그녀는 생의 에너지로 더욱 충만한 존재, 혈관에 넘치는 뜨거운 피로 더욱 몸부림치는 존재로 화해갔다.

그녀에게 독 포도주 한 잔을 건네주고 나 자신도 한 잔을 들이켜는 것, 지금 이보다 더 큰 갈망은 없었다. 그러면 우리의 육체는 잠시 동안 격렬하게 요동치다가, 이윽고 함께 죽게 될 것이다. 사랑이 무엇인가? 천한 인간들의 사랑은 일시적인 것, 음란하고 방탕한 것이겠지. 그것은 바로 천박한 유행가 가사에 나오는 사랑, 매춘부들의 사랑, 난잡하고 상스러운 언어 속에나 등장하는 사랑이다. 그런 사랑은 '당나귀 거시기를 진흙 구덩이에 갖다 꽂고 대가리에 재를 뿌린다'와 같은 표현을 아무렇지도 않게 사용하는 인간들의 언어인 것이다. 하지만 그녀를 향한 내 사랑은 종류가 달랐다. 나는 그녀를 오랫동안 알아왔다. 비스듬하게 찢어진 그녀의 눈, 반쯤 열려 있는 가느다란 입술, 촉촉하게 가라앉은 그녀의 낮은 목소리를. 이 모든 것이 오래전의 아득하고 아픈 기억으로 남아 내 위에 무겁게 쌓이고, 그 속에서 나는 원래 내 것이었으나 지금은 상실한 어떤 시간을 찾아 헤매고 있었다.

그런데 정말로, 그 소중한 것을 영원히 빼앗겨버리고 만 것일까? 이런 상상이 나를 괴롭히고 좌절하게 만들었다. 하지만 동시에, 절망적인 내 사랑을 대신해주는 어떤 보상으로서, 나는 독특한 열락의 감정을 느끼곤 했다. 병적인 열락이었다. 왜 자꾸만 맞은편 정육점의 그 정육업자가 떠오르는 것인지, 이유를 알 수 없다. 옷소매를 위로 걷어 올리고 고깃덩이를 한 번씩 썰어낼 때마다, "신의 이름으로"라고 말하는 모습. 그 광경이 눈앞에서 떠나지 않았다. 마침내 나는 결심했다. 무서운 일을 감행해버리기로. 나는 침대에서 내려와 옷소매를 위로 걷어 올리고, 베개 아래 숨겨두었던 뼈 손잡이 칼을 꺼내 들었다. 나는 등을 구부린 채 어깨에 누런 외투를 걸치고 얼굴과 목에는 숄을 칭칭 둘렀다. 그러자 나는 정육업자와 고물상 노인, 이 둘을 섞어놓은 존재가 된 듯했다.

나는 발끝으로 살금살금 걸어 아내의 방으로 갔다. 방은 어두웠다. 나는 조용히 문을 열었다. 창녀는 한창 꿈속을 헤매고 있는 듯했다. 그녀는 크고 똑똑한 목소리로 "숄을 벗어요"라고 말했다. 나는 침대로 다가갔고, 그녀의 따스하고도 야성적인 숨결을 얼굴에 느꼈다. 이 얼마나 기분 좋은, 생명의 기운을 충만하게 하는 숨결인가! 그녀의 숨결을 오래도록 음미하고 있으면 새로운 생명을 얻을 수 있을 것만 같았다. 오! 얼마나 오랫동안 나는 다른 사람들의 숨결도 나처럼 뜨겁고, 나처럼 열이 펄펄 끓을 것이라고 믿었던가! 혹시 그녀의 애인인 다른 남자가 침실에 있나 주변을 둘러보았다. 그녀는 혼자였다. 갑자기 나는, 그동안 그녀에 관해서 들었던 말은 전부 사악한 의심과 험담에 불과하다는 것을 깨달았다. 그 누가 정확한 사실을 알았겠는가? 어쩌면 그녀는 아직 처녀일지도 모른다. 생각으로나마 그녀를 비방한 것에 대해서 부끄러운 마음이 들었다. 하지만 이런 감정은 오래가지 않았다. 문 뒤편에서 누군가 재채기를 했기 때문이다. 그리고 이어서 웃음소리도 들려왔다. 야유를 퍼붓는 둔탁한 웃음, 머리칼이 쭈뼛 곤두서는 기분 나쁜 웃음소리. 그 웃음소리는 내 온몸의 혈관을 후벼 파면서 관통했다. 만약 내가 그 재채기와 웃음소리를 듣지 못했다면 나는 내 결심을 그 자리에서 실행했을 것이다. 그녀를 잘게 토막 내고 그녀의 고기를 맞은편 정육업자에게 가져다주어서 팔아치우게 했으리라. 그녀의 허벅다리 고기 한 점은 『코란』 암송자인 늙은이에게 적선했을 것이다. 그리고 다음 날, 늙은이에게 찾아가서 물었으리라. "어제 저녁때 당신이 먹은 고기가 누구의 고기인 줄은 알고 있습니까?" 하고.

만약 그 웃음소리가 없었다면, 나는 내 계획을 창녀의 눈을 보지 않아도 되는 밤사이에 해치웠을 것이다. 그녀가 원망과 질책이 가득한 눈동자로 나를 바라본다면 나는 수치심에 몸 둘 바를 모를 것이기 때문이다.

침대 곁에서 뭔가에 걸려 비틀거린 나는 어둠 속을 더듬어 발길을 가로막은 옷을 집어 올렸다. 그러자 더럭 겁이 난

나머지 온몸이 덜덜 떨리는 바람에 나는 도망치듯 그녀의 방을 나왔다. 칼은 지붕 위로 던져버렸다. 내 마음속에 온갖 범죄적인 상상의 씨앗을 뿌린 원흉은 바로 그 칼이었다. 정육업자의 그것과 똑같이 생긴 칼을 나는 이제 버렸다.

나는 다시 내 방으로 돌아왔다. 램프의 불빛 아래서 보니 아내의 방에서 갖고 온 옷이 여전히 내 손에 들려 있었다. 그녀의 몸을 감싸고 있던 그 옷은 때가 묻은, 부드러운 인도산 비단 옷이었는데, 그녀가 사용하는 모그라 향수 냄새가 배어 있었고 그녀 육신의 온기로, 그녀 자신의 냄새로 그득했다. 나는 옷에 배인 향기를 깊이 들이마셨다. 옷을 내 허벅다리 사이에 끼운 채로 잠이 들었다. 그토록 평화롭고 행복한 밤을 나는 결코 경험해보지 못했다. 다음 날 이른 아침, 아내의 찢어지는 비명 소리가 나를 잠에서 깨웠다. 아내는 "이를 어쩌면 좋아. 옷이 없어졌어" 하면서 울고불고 난리법석을 피웠다. 아내의 옷은 결코 새것이 아니었고, 소맷부리는 찢어져 있기까지 했다. 그러나 설사 피를 흘리며 싸우는 한이 있더라도 나는 결코 그 옷을 내놓지 않았을 것이다. 내게도 아내의 낡은 옷 한 벌 정도는 가질 권리가 있었을 테니까.

유모가 당나귀 젖과 꿀, 그리고 납작한 빵을 가져왔다.

또한 뼈 손잡이가 달린 칼 한 자루도 음식 쟁반 위에 놓여 있었다. 유모의 말에 따르면 고물상 노인의 잡동사니 물건 중에 그 칼이 있었기에 사가지고 왔다는 것이다. 그러면서 유모는 눈썹을 휙 치켜 올리더니 덧붙여 말했다. "살다 보면 이런 물건이 필요할 때도 간혹 있으니까요." 나는 칼을 집어 들고 자세히 살펴보았다. 아무리 보아도 그건 내 칼이었다. 유모는 이어서 얼굴을 찡그리고는 우는 소리로 하소연을 하기 시작했다. "글쎄 오늘 새벽에 내 딸이," 그 딸이란 내 아내를 말하는 것이다. "글쎄 내가 밤새 자기 방에 몰래 들어가 옷을 훔쳐갔다면서 마구 야단을 치지 않겠어요! 난 절대로 거짓말은 하지 않아요. 하지만 어젯밤 딸은 몸에 멍이 들어 있었다고요. 우리가 다 알다시피 그녀는 아기를…… 하여간 딸 말로는 목욕탕 물에서 임신이 되었다더군요. 어제 내가 딸의 등을 마사지해주다가 팔에 피멍이 든 걸 발견했지 뭡니까. 심지어는 딸이 직접 내게 멍 자국을 보여주면서 설명하더군요. '내가 적절하지 않은 시간에 지하실에 내려갔다가 벌을 받았지 뭐야. 지하실 유령들이 내 팔을 꼬집더라고.'" 그리고 유모는 내게 물었다. "그런데 당신 아내가 한참 전부터 임신하고 있다는 것을 알고는 있었나요?" 나는 소리 내어 웃으며 대답했다. "모르긴 몰라도 아마 그 아기는 늙은 『코란』 암송자를 빼닮았겠지. 아기는 아내가 그 작자와 함께 만든 거니까."

유모는 화를 버럭 내면서 방을 나가버렸다. 아마도 유모가 기대했던 대답은 그게 아니었던 모양이다. 그녀가 나가버리자마자 나는 즉시 자리에서 일어나, 떨리는 손으로 뼈 손잡이 칼을 집어 들고 방 뒤편 창고로 가서 상자 속에 넣고 뚜껑을 닫았다.

아니다, 아니야. 그건 불가능하다. 그 아기는 절대로 내 아기일 리 없었다! 아내를 임신시킨 장본인은 바로 그 늙은 고물상이라고 나는 확신하고 있었다.

오후에 내 방문이 스르르 열리더니, 창녀의 어린 남동생이 들어왔다. 그는 왼손 집게손가락의 손톱을 잘근잘근 씹고 있었다. 창녀와 이 남동생을 함께 본 사람은 누구라도 금세 이들이 남매 사이임을 알아차렸다. 정말로 얼마나 흡사하게 닮았는지! 조그맣고 가느다란 입, 신비하게 위로 올라간 속눈썹, 놀란 듯한 모양으로 비스듬하게 찢어진 눈, 앞으로 불쑥 튀어나온 광대뼈, 짙은 갈색의 헝클어진 머리칼, 그리고 어두운색 피부. 남동생은 창녀의 얼굴을 그대로 빼다 박았다. 또한 그녀가 가진 사탄의 영혼까지도 일부는 닮아 있었다. 그것은 내가 알고 있는 두 개의 투르크멘 얼굴 중의 하나로, 감정도 영혼도 없었다. 그것은 무조건 삶의 편에 서서 투쟁을 벌이며 형성된 표정을 하고 있고, 삶이 원하는 것은 뭐든지 다 내어줄 준비가 된, 그런 인간의 얼굴이었다. 자연은 모든 것을 미리 알고 그대로 얼굴에 아로새겨놓았다. 이 두 얼굴의 선조들이 뜨거운 태양빛과 사나운 비바람을 맞으며 오랜 시간 자연과 사투를 벌여야 했음이 이 얼굴 속에 그대로 드러나 있는 것이다. 선조들은 이 남매에게 단지 그들의 외모뿐만 아니라 그들의 저항력, 그들의 관능, 그들의 욕망과 허기까지 물려주었다. 나는 이 남동생의 입술 맛을 알고 있었다. 오이 끄트머리처럼 살짝 씁쓸한 풀 맛이 나는 입술.

방으로 들어선 남동생은 무언가에 놀란 듯이 활짝 뜬, 비스듬히 찢어진 투르크멘 눈으로 나를 빤히 쳐다보며 말했다. "샤둔—그는 자기 누나인 창녀를 그런 이름으로 불렀다—이 그러던데, 의사 말로는 당신이 이제 곧 죽을 거래요. 우리를 영원히 떠나버릴 거라더군요. 그런데 사람은 어떻게 죽는 거예요?"

내가 대답했다. "누나에게 가서 전해. 나는 이미 오래전에 죽었다고."

"샤둔이 또 이런 말도 했어요. 만약 자기가 아기를 유산만 하지 않았더라면, 이 집 전체가 우리 것이 될 수도 있었다고요."

그 말을 들은 나는 도저히 참지 못하고 커다랗게 웃음을 터뜨렸다. 너무나 기분 나쁘고 메마른 웃음소리는 머리카락을 쭈뼛 곤두서게 만들 정도였다. 내 웃음소리는 마치 다른 사람의 것처럼 낯설게 들렸다. 놀라고 겁에 질린 남동생은 황급히 밖으로 달아나버렸다.

이제 나는 알았다. 정육업자가 뼈 손잡이 칼로 양 허벅다리를 슬슬 문지를 때 왜 그토록 흡족한 표정을 지었는지. 그때 그가 느끼는 열락의 심정을 나는 이해하게 되었다. 기름기 적은 고깃살을 한 겹 한 겹 베어낼 때면 이미 죽어버린 반쯤 굳은 피가 고기 표면에 시뻘겋게 고이고, 양의 목덜미를 따면 묽은 핏방울이 바닥에 뚝뚝 떨어졌다. 정육업자의 가게 앞을 서성이는 누런 개, 가게 바닥에 놓인 채 멀건 눈동자로 한 방향만 멍하니 응시하는 죽은 소 대가리, 그리고 죽음의 먼지가 부옇게 쌓인 양 대가리들도 모두 알고 있었다. 정육업자가 얼마나 큰 기쁨과 희열을 느끼는지.

나는 이제 알았다. 나는 드디어 반신반인이 되었고, 그리하여 인간들의 모든 저열하고 하찮은 욕망을 넘어서게 되었음을. 내 안에는 영원의 강물, 무한의 강물이 도도하게 흐르고 있었다. 그런데 영원이란 무엇인가? 나에게 영원이란 수렌 강변에서 창녀와 술래잡기를 하면서 노는 것, 눈을 감고 머리를 그녀의 허벅지 위에 파묻는 바로 그 순간 이상의 것은 아니다.

문득 나는 나 스스로와 대화를 나누고 있다는 기분이 들었다. 그것도 아주 기이한 방식으로 말이다. 나 자신에게 말을 걸고는 싶은데 입술이 천근같이 무겁게 느껴지는 바람에 조금도 움직일 수 없었다. 그럼에도 불구하고 나는 나 스스로와 대화를 하고 있었다. 하지만 내 입술은 조금도 움직이지 않았고, 내 목소리는 전혀 들리지 않았다.

마치 무덤처럼, 매순간 점점 더 협소해지고 점점 더 어두워져가는 이 방에서, 숨 막히는 어둠은 공포스러운 그림자의 베일로 나를 감쌌다. 기름 램프에서 연기가 피어올랐다. 외투로 몸을 둘둘 감싸고 목에는 숄을 두른 채 나는 램프 앞에 쪼그리고 앉았다. 내 그림자가 벽에 커다랗게 비쳤다. 그림자는 나 자신의 몸보다 더 존재감이 있고, 더 강해 보였다. 그림자는 나보다 더 사실적이었다. 아마도 내가 만드는 그림자는 늙은 고물상과 정육업자, 난쟁과 창녀, 그들 모두의 제각각 다른 그림자들이며, 나는 그들에게 사로잡힌 포로에 불과할지도 모른다.

이 순간 나는 한 마리 부엉이와 같았다. 하지만 내 울음은 목구멍에 걸려버렸고, 소리가 되어 나오지 못했다. 나는 울음을 피로 토해냈다. 어쩌면 부엉이들도 어떤 병에 걸려 있으리라. 그래서 그들도 나와 같은 생각에 사로잡혀 살고 있겠지. 벽에 비친 내 그림자는 한 마리 부엉이와 같았다. 지금 내가 쓰는 이 글을 읽기 위해서, 앞으로 몸을 깊숙이 구부린 부엉이. 당연히 그는 전부 다 이해할 것이다. 단지 그만이 유일하게 내 모든 것을 이해할 수 있는 존재니까. 나는 곁눈질로 내 그림자를 쳐다보았다. 나는 그가 두려워 몸을 떨었다.

어둡고 조용한 밤이었다. 내 일생 전체를 관통하며 지속되어오던 바로 그런 어둡고 조용한 밤. 방 안은 무시무시하게 흐느적대는 유령의 형상들로 가득 찼다. 벽에, 문에, 그리고 커튼 위에도. 그들은 나를 비웃는 것 같았다. 때때로 나는 내 방이 지나치게 좁게 느껴져, 마치 관 속에 누워 있다는 착각에 빠지기도 했다. 내 관자놀이는 불에 덴 듯 화끈거렸고, 팔다리는 조금도 움직일 수 없었으며, 가슴은 뭔가 묵직한 물체가 올라앉은 것처럼 숨이 막히고 답답했다. 죽은 동물을 등에 한가득 싣고 정육업자의 가게 앞으로 터덜터덜 걸어가는, 뼈와 가죽만 남은 비루먹은 검은 말처럼.

죽음이 나직하게 노래를 불렀다. 거의 모든 단어를 두 번씩 반복해야 하는, 말 더듬는 자의 노래. 그렇게 하나의 소절을 마치고 나면, 다시 새로운 소절을 시작했다. 죽음의 노래는 날카로운 톱의 노래였다. 한 음 한 음이 금속성의 경련과 함께 육체의 살 속으로 진동하며 파고들었다. 죽음은 높고 새된 소리를 지르고 또 지르다가, 어느 순간 노래를 뚝 그치고 침묵했다.

내가 눈을 감자마자 술 취한 경찰관 한 무리가 창밖을 지나갔다. 그들은 천한 욕설을 퍼붓고 음란한 농담을 주고받다가, 커다란 소리로 합창을 했다.

술 마시러 가게 내버려둬
우리는 라이 왕국의 포도주를 마실 거니까!
지금 안 마시면 언제 마시겠는가?

나는 생각했다. '끝내 나는 저 경찰관들에게 잡혀버리고 말겠지.'

그런데 갑작스럽게 초인적인 힘이 내 안에서 솟아올랐다. 내 이마는 단번에 서늘해졌다. 나는 일어서서 어깨에 외투를, 목에 숄을 두세 번이나 둘러 단단히 묶은 뒤, 허리를 구부리고, 상자 속에 감춰둔 뼈 손잡이 칼을 꺼내왔다. 나는 발끝으로 살금살금 걸어 창녀의 방으로 갔다. 방은 짙은 어둠에 싸여 있었다. 주의 깊게 귀를 기울여보니, 그녀의 목소리가 들려왔다. 그녀가 말했다. "당신이에요? 숄을 벗어요." 그것은 어린 시절과 마찬가지로 꿈속의 속삭임을 연상시키는 듣기 좋은 달콤한 목소리였다. 나는 이 목소리를 아득한 꿈속에서 들어 알고 있었다. 그녀는 정말로 꿈을 꾸고 있었던 것일까?

그녀의 목소리는 어린 시절 함께 수렌 강변에서 술래잡기를 하며 놀던 그 소녀의 것처럼 그윽하게 쉬어 있었다. 잠시 동안 나는 가만히 서서 그녀의 목소리를 듣고 있었다. "어서 들어와요. 숄을 벗어요."

조용히 나는 어두운 방 안으로 들어섰다. 외투와 숄을 벗고, 옷도 벗었다. 내가 왜 한 손에 칼을 든 채로 그녀의 침대 속으로 기어들어갔는지, 이유를 알지 못한다. 침대의 온기는 내 육신에 새로운 생명의 기운을 불어넣었다. 나는 그녀의 놀랍도록 아름다우며 촉촉하고 따스한, 부드러운 육신을 껴안았다. 그 옛날 수렌 강변에서 나와 함께 술래잡기를 하던, 조그맣고 마르고 창백한 어린 소녀의 기억을 되살리면서.

아니다. 나는 마치 굶주린 맹수가 먹이를 덮치듯이 그녀를 덮쳤다. 나는 마음속 깊이 그녀를 혐오하고 있었다. 그런데 증오와 사랑은 이 순간 분리할 수 없는 하나의 몸이었다. 달빛처럼 하얗고 싱그러운 그녀의 몸, 내 아내의 몸이 활짝 열리면서 나를 붙들고, 나를 껴안았다. 마치 코브라가 희생자를 칭칭 감듯이. 그녀의 가슴에서 풍기는 향기가 나를 황홀하게 만들었다. 내 목에 감긴 그녀의 통통한 팔에서 부드러운 살 냄새와 따스한 온기가 느껴졌다. 이 순간 나는 죽음을 원했다. 그녀에게 가졌던 증오와 복수의 감정이 눈 녹듯이 스르르 사라져버렸기 때문이다. 나는 눈물을 흘리지 않기 위해 엄청난 자제력을 발휘해야만 했다. 내가 알아차리지도 못하는 사이, 그녀는 자신의 두 다리로 내 다리를 감싸며 자신의 팔로 내 목덜미를 꼭 껴안았다. 우리는 한 쌍의 알라우네와 같았다. 나는 그녀의 촉촉하고 싱그러운 육체에 담뿍 배인 놀라운 온기를 마음껏 음미했다. 그 온기는 열에 들뜬 내 육신의 모든 원자를 산산이 분해해버렸다. 그녀가 나를 마치 하나의 전리품처럼 자신 안으로 빨아들이는 것이 느껴졌다. 구분할 수 없게 하나로 뒤섞인 공포와 쾌락이 내 안에서 광란을 일으켰다. 그녀의 입에서는 오이 끄트머리처럼 살짝 씁쓸한 풀 맛이 났다. 기분 좋고 황홀한 그녀의 품에 안겨 있으니 내 온몸에서는 비 오듯 땀이 쏟아졌다. 나는 미칠 것만 같았다.

나는 내 육신의 폭력성에, 내 육신의 원자들이 발산하는 폭력성에 스스로를 맡겨버렸다. 육신은 승리의 나팔을 높이 불고 큰 소리로 승전가를 합창했다. 나는 열망과 욕정의 파도에 몸을 맡긴 채 끝없는 대양을 표류하는, 가련하고 비참한 난파선의 조난자에 불과했다. 모그라 향내가 진동하는 그녀의 머리카락이 내 얼굴에 달라붙었다. 경악과 열락의 격한 외침이 우리 존재의 가장 깊숙한 바닥에서부터 분출하듯이 터져 나왔다. 갑자기 그녀가 나를 물었다. 사정없이 엄청나게 세게 깨무는 바람에 나는 입이 딱 벌어졌다. 그녀는 자기 손톱도 이렇게 사정없이 물어뜯었을까? 아니면 내가 자기 애인인 늙은 언청이가 아니라는 것을 비로소 깨달았던 것일까? 나는 내 몸에 미친 듯이 달라붙어 휘감겨 있는 그녀의 팔다리를 풀어내려고 했다. 하지만 어찌 된 셈인지 조금도 움직일 수 없었다. 아무리 애를 써도 소용이 없었다. 우리의 두 육신은 빈틈없이 착 밀착하여 하나로 녹아버린 것만 같았다.

아무래도 그녀가 미쳐버렸을지도 모른다는 생각이 들었다. 그녀에게서 빠져나오려고 애쓰던 중에 나는 본의 아니게 팔을 휘둘렀고, 그때까지 손에 쥐고 있던 칼이 그녀의 몸속으로 푹 가서 박히는 것을 느꼈다. 뜨뜻한 액체가 내 얼굴 위로 줄줄 쏟아졌다. 그녀는 비명을 지르며 나를 놓았다. 내 손은 뜨뜻한 액체로 범벅이 되었고, 깜짝 놀란 나는 주먹을 쥐면서 칼을 던져버렸다. 빈손으로 나는 그녀의 몸을 쓰다듬어보았다. 차가웠다. 그녀가 죽은 것이다.

격렬한 기침이 터져 나왔다. 그런데 기침이 아니었다. 그것은 웃음이었다. 너무나 메마르고 기분 나쁜 웃음소리에 머리카락이 쭈뼛 곤두설 정도였다. 겁에 질린 나는 외투를 어깨에 두르고 내 방으로 도망치듯 돌아왔다. 기름 램프의 불빛 아래서 나는 손바닥을 펴보았다. 그녀의 눈동자가 그 안에 있었다. 내 몸은 온통 피범벅이었다.

나는 거울 앞으로 가 섰다. 놀라움과 공포에 사로잡힌 채 두 손으로 얼굴을 가려버리고 말았다. 거울 속의 나는 바로 고물상 노인처럼 보였다. 아니 거울 속에 바로 그 고물상 노인이 있었다. 내 머리카락과 수염은 지하 고문실에 코브라와 함께 갇혔다가 산 채로 걸어 나왔던 바로 그 남자처럼 허옇게 세어 있었다. 내 입술은 그 노인의 것처럼 부르트고 갈라져 있었다. 내 눈에는 속눈썹이 몽땅 사라졌다. 가슴팍에는 허연 털이 잔뜩 자라났다. 내 몸은 또 다른 영혼에게 점령당했다. 내 생각, 내 감정도 완전히 다른 것으로 뒤바뀌었다. 내 안에서 잠들어 있던 악마가 깨어났고, 나는 그 악마로부터 도저히 놓여날 수가 없었다. 그렇게, 얼굴을 두 손으로 가린 채로, 나는 무의식중에 다시 웃음을 터뜨리고 있었다. 조금 전의 웃음보다 더욱 거칠고 더욱 날카로운 웃음소리. 격렬하게 터지는 웃음의 충격 때문에 내 온몸이 마구 흔들리며 요동쳤다. 내 육체의 어느 심연에 숨어 있었는지 알 수 없는 까마득하게 깊은 정체불명의 웃음. 바닥도 없고 끝도 없는 내 목구멍의 텅 빈 동굴을 울리며 한없이 퍼져나가는 공허한 웃음. 나는 그 고물상 늙은이로 변해 있었다.

정신없이 깊고 긴 잠에서 갑작스럽게 깨어난 것처럼 나는 영문을 모르고 두리번거렸다. 두 눈을 마구 비볐다. 여전히 나는 늘 있었던 그 장소, 내 방 안에 있었다. 희미하게 동이 터왔다. 짙은 안개와 구름이 창문을 어둡게 가리고 있었다. 멀리서 수탉 우는 소리가 들렸다. 내 앞에 놓인 화로에서 새빨갛게 타던 석탄이 순식간에 회색빛 재로 변했다. 한번 가볍게 훅 불면 모두 날아서 사라져버릴 것 같은 차갑고 허무한 재. 내 생각도 그처럼 재로 변해 허공에 날아가버린 듯했다. 그 생각 역시 재처럼 가볍고 허무한 것이었으니까.

나는 당장 라이의 꽃병이 어디 있는지 찾기 시작했다. 묘지에서 만난 늙은 마부에게서 얻었던 그 꽃병 말이다. 하지만 어디서도 발견할 수 없었다. 나는 문 쪽을 보았다. 거기에 늙은이가 한 명 서 있었다. 구부정한 그림자를 가진 늙은이였다. 아니 그는, 얼굴과 목을 두꺼운 숄로 칭칭 감은 곱사등이 노인이었다. 그는 팔 아래 더러운 천으로 감은, 꽃병처럼 보이는 물건을 끼고 있었다. 노인은 기분 나쁘고 메마른 웃음을 컹컹 뱉어냈다. 나는 머리카락이 쭈뼛 곤두섰다.

내가 몸을 움직이자 노인은 밖으로 나가버렸다. 나는 자리에서 일어나 그를 뒤쫓아가려고 했다. 그를 뒤쫓아가서 그가 갖고 있는 더러운 천에 싼 물건을 받아오려고 한 것이다. 하지만 그 노인은 엄청나게 빠른 속도로 멀어져갔다. 다시 방으로 돌아온 나는 창문을 열었다. 구부정한 등을 한 채 골목길을 걸어가는 노인의 모습이 보였다. 여전히 계속되는 격렬한 웃음 때문에 그의 어깨는 사정없이 들썩이고 있었다. 그의 팔 아래에는 꾸러미가 들려 있었다. 절뚝거리면서 그는 점차 멀어져갔고, 마침내 안개 속에서 완전히 모습을 감추어버렸다. 나는 창에서 몸을 돌리고, 내 모습을 살펴보았다. 내 옷은 너덜너덜하게 갈기갈기 찢겨 있었으며, 온몸은 머리부터 발끝까지 반쯤 굳어버린 피로 범벅이었다. 금파리 두 마리가 내 주변을 윙윙대며 날아다녔고, 하얀 구더기들이 내 몸에 우글거리며 달라붙어 있었다. 가슴에 얹어진 시체가 나를 무겁게 짓눌렀다.

옮긴이의 말

우리가 잘 알지 못하는 세 가지
—헤다야트, 이란 그리고 『눈먼 부엉이』

　전통적인 페르시아 문학은 조로아스터교 경전 『아베스타』를 비롯하여 여러 뛰어난 시인이 존재하며, 세계문학계에서 비중 있는 자리를 차지하는 편이다. 하지만 현대문학은 상황이 좀 다르다. 페르시아 문학이 고립된 환경에 처한 주된 이유로는 장기적인 군사독재로 인한 무기력화, (서구인의 입장에서 봤을 때) 페르시아어의 주변성, 이란 작가들의 작품이 외부 사회에서 보기에 너무 거리감이 있고 따라서 피상적으로, 즉 주로 정치적인 상황에 따라 문학 작품이 평가되는 경향 등을 들 수 있는데, 사실 이런 전형적인 특징들은 언어적 소수에 해당하는 제3세계 문학 거의 대부분에 해당한다.

1925년 쿠데타를 통해 이란의 권좌에 오른 왕 리자 샤 팔레비Riżā Shāh Pahlevi는 서구 문화에 관심과 호의를 갖고 국가를 진보적으로 개혁하고자 했으며 궁정 여인들에게 차도르를 금지시킨 주인공이지만, 서구적인 자유사상, 열린 정치와 문화, 민주주의 등은 그의 진보에 포함되지 않았다. 문학 작품에서 그 어떤 자유로운 비판적 어조도 용납되지 않았으며 출판물에는 엄격한 검열이 행해졌다. 그런 강압적인 분위기에서 문학은 위축되게 마련이며 많은 작가가 펜을 놓거나 침묵 속으로 빠져들 수밖에 없었다. 일종의 암흑시대라고 할 수 있는 이 시기 이란에서 하나의 이름이 탄생한다. 페르시아 현대문학에서 매우 중요한 비중을 차지하지만 우리에게는 낯설기만 한 그 이름은 사데크 헤다야트다.

사데크 헤다야트는 1903년 이란의 테헤란에서 태어났다. 그의 집안은 대대로 존경받는 귀족 가문으로 그의 선조 중 한 명은 19세기의 이름난 역사학자이자 시인이며 왕자의 가정교사였던 레자 콜리 칸 헤다야트였다. 헤다야트는 어린 시절 아주 수줍고 조용한 아이여서 "그는 아주 조용하게 학교에 갔다 오고, 한구석에 인도의 요기처럼 쪼그리고 앉아 소리 없이 숙제를 하는 바람에 가족은 그가 거기 있다는 사실마저도 알아차리지 못할 정도였다"고 한다. 그는 테헤란의 프랑스계 학교 생루이 학원을 다니면서 프랑스어와 프랑스 문학을 배우게 되었다.

1925년 그는 국가 장학금을 받고 벨기에로 유학을 떠났다. 공학을 전공한다는 조건이었다. 하지만 유학의 원래 목적인 엔지니어가 되는 것에도, 건축과 수학에도 관심이 없었던 그는 날씨와 학업에 적응하지 못하고 베를린과 겐트 등 여러 도시를 이동하다가 결국 그토록 고대하던 파리로 갔다. 1927년 헤다야트가 파리 마른 강에서 자살 시도를 했지만 실패한 일화는 유명하다. 다리 위에서 강물로 몸을 던진 그는 다리 바로 아래 보트에서 한 쌍의 연인이 사랑을 나누고 있는 것을 알아차리지 못했다. 보트의 남자는 강물로 뛰어들어 헤다야트를 구해냈다. 그 남자가 아니었다면 헤다야트는 그때 죽었을 것이다. 그는 수영을 할 줄 몰랐다.

엔지니어가 되어야 한다는 가족의 요구를 받아들일 수 없었던 헤다야트는 자유로운 예술가의 삶을 꿈꾸다가 결국 학업을 마치지 못한 채 1930년 이란으로 돌아갔고, 은행 직원으로 일하게 되었다. 헤다야트가 파리에서 쓰고 테헤란에서 처음 펴낸 음울하고 어두운 색채의 단편집 제목은 『생매장』이다. 이후 그는 테헤란의 진보적인 예술가들과 교류하면서 아방가르드 예술 모임을 이끌었고 꾸준히 작품도 써 나갔다. 또한 기 드 모파상, 안톤 체호프, 라이너 마리아 릴케, 아르투어 슈니츨러, 에드거 앨런 포, 프란츠 카프카 등 많은 서구 작가의 작품을 페르시아어로 번역·소개하는 일을 했으며, 고대 페르시아어인 팔라비 문자를 현대어로 옮기는 작업을 한 열성적인 번역가이기도 했다. (1943년 그는 이란에서 최초로 카프카의 『변신』을 번역·소개하고 훌륭한 카프카 에세이를 발표했다.) 당대에는 작가로서 충분한 인정을 받지도 못하고 오직 생계를 위해 하급 은행원으로 일했던 헤다야트의 일상과 일생은, 그 자신이 직접 남긴 기록을 보면, 행복과는 거리가 아주 멀어 보였다.

"내 삶에는 그 어떤 눈에 띄는 점도 존재하지 않는다. 특별한 사건은 전혀 일어나지 않으며 흥미로운 요소라고는 어느 구석에서도 찾아볼 수 없다. 높은 지위에 있는 것도 아니며 확실한 학위를 가진 것도 아니다. 학교에서는 늘 성적이 좋지 않은 학생이었고 항상 패배하는 쪽이었다. 일하는 직장에서도 이름 없는 하급 직원에 불과했으며 상사들에게는 불만의 대상이었다. 나를 위해서 울어주는 사람도 하나 없었다. 한마디로 나는 사람들의 기억에서 쉽게 잊히고 마는, 그런 인간이었다."

고국의 정치적 현실과 개인적 처지에 실망한 헤다야트는 1936~37년에 인도 여행을 했고, 인도에서 초현실주의 소설 『눈먼 부엉이』를 완성했다. 처음에는 개인이 만드는 복사본 형태로 인도 봄베이(오늘날의 뭄바이)에서 한정판으로 나왔고, 당시 이란 권력자 리자 샤 팔레비의 폐위 이후인 1941년에야 테헤란에서 발표됐다. 곧이어 유럽에서도 번역·소개되었다. 이후 『눈먼 부엉이』는 현대 페르시아 문학을 말할 때 빠질 수 없는 중요하고도 아름다운 작품으로 인정받고 있다. 이 책에서 헤다야트가 주로 다룬 테마는, 카프카나 베케트와 마찬가지로, 불가피하고 불가해한 인간 존재의 좌절과 몰락이다. 이름 없는 주인공은 필통에 그림을 그리는 가난한 화가로 고통과 고독 속에서 살아가는 실패한 예술가의 원형 같은 인물이다. 그는 자기 자신 안에 갇힌 철저히 고립된 존재이며, 그가 아편에 취해 몽환 속에서 목격하는 치명적인 환영의 그림들이 소설의 내용을 이룬다.

팔레비 2세 즉위 이후에 새 시대가 도래하리라는 희망을 품었던 이란의 예술가들은 더욱 지독해진 독재 속에서 절망하고 말았다. 헤다야트는 페르시아 문학을 서구적 형태로 새로이 발전시킬 꿈을 갖고 있었지만, 그리고 그 자신이 『눈먼 부엉이』를 통해 이미 성과를 이루어냈지만, 시대는 그의 꿈에 부응하기에 아직 많이 낙후되어 있었다. 그뿐만 아니라 서구의 영향을 받은 헤다야트의 예술관은 그를 점점 정치적 현실과 불화하는 존재, 그리하여 작가로서 철저히 고립될 수밖에 없는 존재로 몰아갔다. '데카당'으로 낙인찍힌 그는 고국에서 이해받지 못하는 작가였을 뿐 아니라, 의도적으로 무시되고 박해받는 작가이기도 했다. 점점 지치고 의욕을 상실한 헤다야트는 다시 파리로 가기를 희망했고, 그 희망은 1950년 이루어졌다. 친구인 한 의사가 테헤란에서는 고칠 수 없는 병에 걸렸다는 진단서를 써준 것이다. 그 덕분에 헤다야트는 이란을 떠날 수 있었다. 그러나 1951년 4월, 스위스에서 체류 비자 연장을 거부당한 뒤, 헤다야트는 파리에서 가스를 틀어놓고 자살했다. 그는 파리의 페르 라셰즈 묘지에 묻혔다. 그는 어떤 유서도 남기지 않았으며 죽기 직전, 쓰고 있던 원고를 자기 손으로 찢어 쓰레기통에 던져 넣었다.

헤다야트 자신은 영향력 있고 지식 수준이 높은 집안 출신이지만, 『눈먼 부엉이』에서와 마찬가지로 그의 작품들은 대개 어둡고 무거운 분위기를 풍기며, 좌절과 절망을 겪고 사회를 등지고 살아가거나 사랑에 실패한, 가난하고 병든

이들이 주인공으로 자주 등장한다. 하지만 그의 작품들이 다루는 이런 삶의 어두운 면들은 단순히 부조리한 사회를 비판하기 위한 것이 아니라, 부조리를 존재 자체의 본질적 요소로 바라보는 작가의 시각이 반영된 것이다. 그는 『눈먼 부엉이』 외에도 뛰어나게 아름답고 음울하며 독특한 페르시아적 색채가 깃든 단편들을 썼는데, 그 스타일과 분위기는 당대 이란의 어떤 작가와도 유사한 부류로 묶을 수가 없는 것들이다. 죽을 때까지 헤다야트가 고국 이란에서 철저하게 무명이었다는 사실은—몇몇 평론가가 그를 언급한 경우가 있긴 했지만 그것은 오직 조롱하고 비웃기 위해서였다—그의 글을 읽는 이 시대의 독자들에게 부조리한 슬픔을 느끼게 한다. 유럽의 오리엔탈 문학잡지들이 그의 작품을 언급하고, 런던의 BBC 방송국이 그를 이란 최고의 현대 작가로 소개하면서 그의 단편들을 전파로 내보내고, 러시아의 이란 학자들이 그의 문학을 연구한 이후에야 그를 폄하하던 고국의 평론가들은 입을 다물었다.

작가 연보

1903   2월 17일, 이란의 테헤란에서 존경받는 귀족 가문의 아들로 태어났다. 어린 시절 헤다야트는 영리하지만 수줍고 조용한 성격의 소유자였다.
1909   엘미예 초등학교에 입학한다.
1915   다르알포눈 학교로 진학한다. 거기서 유럽인 교사들의 지도 아래 서구식 교육을 접한다. 하지만 이내 엄격한 교과 과정에 흥미를 느끼지 못하고 프랑스어를 배우기로 결심, 프랑스계 학교인 생루이 학원으로 전학한다.

생루이 학원에서 위대한 인물들의 생애와 프랑스어, 영어를 배우면서 글쓰기를 시작한다.

1923   스무 살이 되던 해 오마르 하이얌에 대해서 연구한 첫

	논문 「철학자 오마르 하이얌의 사행시」를 발표한다.
1924	서간문 형식의 연구서 『인간과 동물』을 발표한다. 동물 살상을 금지하는 조로아스터교와 불교의 영향으로 채식주의자가 된다.
1925~26	생루이 학원을 졸업하고 공학을 전공할 목적으로 국비 장학금을 받고 벨기에 유학을 떠난다. 하지만 그는 곧 공학을 포기하고 파리로 가서 건축학을 공부하려고 시도했다가, 다시 치의학으로 전공을 바꾼다. 하지만 그 어떤 학문도 예술만큼 그를 깊이 매혹시키지 못해 학업을 모두 중단한 채 여행과 관광으로 시간을 보낸다.
1926	논문 「페르시아의 신비」를 『르부알디시스』지에 발표한다.
1927	파리의 마른 강에 몸을 던져 자살을 시도하지만 실패한다. 유럽에 머물면서 라이너 마리아 릴케의 작품을 탐독, 그의 '죽음'에 대한 찬미에 매료되어 '죽음'이라는 제목의 두 페이지짜리 해설을 베를린의 이란계 신문 『이란샤흐르』에 발표한다. 같은 신문에 「채식주의의 장점」을 발표한다.
1930	고국으로 돌아와 첫번째 단편집인 『생매장』과 첫 희곡 「사산가(家)의 어린 딸」을 발표한다.

　　　　　　학업을 마치지 못한 채 고국으로 돌아온 그는 생계를
　　　　　　위해 이란 국립은행에 취직한다. 이후 그는 유럽에
　　　　　　서 돌아온 유학생들과 교류한다. 테헤란의 진보적인
　　　　　　예술가들과 교류하면서 '라바(사인조)'를 결성했지
　　　　　　만, 정부의 압제와 출판물 검열에 위축된다. 이들이
　　　　　　활동을 시작하자마자 이란의 보수 문단으로부터 "과
　　　　　　격파"라고 비판 받는다.
1931　　　민요모음집 『오사네』를 출간한다.
1932　　　민요모음집 『네이랑게스탄』, 두번째 단편집 『세 방
　　　　　　울의 피』를 출간한다.
1933　　　은행을 그만두고 세번째 단편집 『밝은 그늘』을 출간
　　　　　　하지만, 문단의 주목을 전혀 받지 못한다.
1934　　　단편 「마담 알라비에」를 발표함으로써 이란 문단에
　　　　　　서 명성을 얻는 계기가 된다.
1934~35　 조로아스터교와 오마르 하이얌의 재연구에 많은 시
　　　　　　간을 보낸다. 이란의 아리안족 역사에 대한 하이얌
　　　　　　의 연관성과 불교 철학이 이 시기 헤다야트의 주된
　　　　　　관심사였다. 하이얌 연구를 하는 동안 잠시 테헤란
　　　　　　의 상업국에서 일하지만 관료적인 일을 좋아하지 않
　　　　　　았던 탓에 적응하지 못하고, 자신을 항상 이질적인
　　　　　　존재로만 여겼다. 다시 건설부에 일자리를 구하지만

1936년 그만둔다.

1936 라바가 해체되고 고국의 정치적 현실과 개인적 처지에 실망한 헤다야트는 인도로 가서 새로운 활동의 장을 찾는다. 그곳에서 팔라비(중세 페르시아) 문헌을 연구, 고대 이란에 대한 지식을 쌓는다. 무엇보다도 그는 페르시아와 아랍 문명의 정확한 정체를 파악하고, 고국의 지독한 검열을 피해서 인도에서 자신의 생각을 마음껏 글로 표현해 출판하고픈 소망도 있었다.

1937~39 인도에 머물면서 『눈먼 부엉이』를 복사본 형태로 출간한다. 인도에서 여러 지방을 여행하면서 인도의 유력한 인물들과 교류하며 그들을 인터뷰한다.

1940 인도에서 돌아온 헤다야트는 그간 고국의 사정이 더욱 악화되었음을 발견한다. 그는 생계를 위해 다시 국립은행에 취직한다.

1941 리자 샤 팔레비가 퇴위하고 팔레비 2세가 즉위한다. 정권이 교체되면서 잠시 동안의 해빙기가 찾아온다. 헤다야트는 이 기회를 틈타 『눈먼 부엉이』를 일간지 『이란』에 연재한다.

1942 단편집 『떠돌이 개』를 출간한다.

1944~45 몇몇 팔라비 문헌을 현대 페르시아어로 번역·출간한다.

| 1945 | 수많은 좌절을 겪으면서 헤다야트는 알코올과 약물에 의존하게 된다. 『눈먼 부엉이』가 프랑스어로 출간되어 국제적인 명성을 얻는다. 1930년대 작품이 자유롭고 창의적이던 것과 달리, 1940년대 작품은 고국의 어려운 현실을 타계하고 서구와 이슬람 모두의 압박에서 벗어나 페르시아의 정체성을 찾기 위한 수단으로 1941년에 창건된 이란 공산당 투데당의 이념을 상당히 수용하고 있다.
소설 『하지 아카』를 발표한다. |
| --- | --- |
| 1946 | 소설 『내일』을 발표한다. |
| 1947 | 풍자집 『진주 대포』를 쓰지만 이 작품은 이란 혁명 이후인 1979년에야 발표된다. 프란츠 카프카의 『유형지에서』 페르시아어 번역본에 '카프카의 메시지'라는 시사적인 서문을 쓰는데, 이 서문은 헤다야트 생전에 발표된 마지막 글이다. |
| 1949 | 샤의 암살사건과 관련해 투데당이 해체되고 이후 생애의 마지막 기간에 글을 발표하지 않고 주로 카프카를 비롯해 기 드 모파상, 안톤 체호프 등 유럽 작가들의 번역에만 힘을 쏟는다. |
| 1950 | 이란을 떠나 파리로 간다. |
| 1951 | 4월 4일, 파리에서 가스를 틀어놓고 자살한다. 파리 |

	의 페르라셰즈 묘지에 묻힌다.
1993	이란에서 『눈먼 부엉이』가 재출간됐으나 검열당한다.
2005	『눈먼 부엉이』와 『하지 아카』가 18회 테헤란 국제도서전에서 금서 목록에 오른다.
2006	이란 정권의 대대적인 축출의 일환으로 헤다야트의 모든 작품은 출판권을 몰수당한다.